Les saigneurs de la terre

Camille Guillou

LES SAIGNEURS DE LA TERRE

Albin Michel

Ouvrage publié à l'initiative
de Jacqueline Raoul-Duval

22, rue Huyghens, 75014 Paris

ISBN 2-226-09313-3

Avant-propos

Ce livre s'adresse d'abord aux paysans, à leurs familles, à leurs enfants. J'aimerais leur demander de ne plus rester, comme dans *L'Angélus* de Millet, la tête baissée devant ce qu'ils croient être la fatalité.

Il n'est écrit nulle part que le processus d'exploitation, à l'œuvre depuis plusieurs décennies, qui dépouille ceux qui travaillent dur, au profit de notables des affaires sans scrupule, soit inévitable.

C'est le courage mais aussi, hélas, la docilité des agriculteurs, je l'observe tous les jours en Bretagne mais c'est vrai pour toute la France, qui a permis à ceux que j'appelle les nouveaux seigneurs — ou saigneurs — de la terre de conquérir un pouvoir devenu exorbitant.

Car, tandis qu'augmentent les dividendes des agro-industriels et que se multiplient les voitures de fonction de la caste syndicalo-rurale, les paysans, eux, souffrent. Et de plus en plus. Des institutions puissantes, alliées au système bancaire, pratiquent la politique de la terre brûlée. Ces oiseaux de proie, obsédés par l'argent, détruisent nos fermes, polluent nos campagnes et empoisonnent de façon invisible chaque jour un peu plus notre alimentation. Jusqu'à quand ? Il est vrai que cette spirale infernale a permis d'éliminer les contestataires dans mon genre. Mais je ne désespère pas de tous ceux qui aiment, comme moi, ce qu'ils font.

Aux lecteurs qui pourraient croire que je suis un nostalgique du Moyen Âge ou un adversaire du capitalisme, je précise que ce n'est pas le cas. Je veux simplement que le consommateur soit mieux protégé et l'agriculteur à nouveau respecté. Il doit être un partenaire et non un serf qui n'a plus que la liberté de changer de métier. Il faut que les règles du jeu deviennent enfin équitables et que les chèvres ne soient pas éternellement mangées par les loups !

Chapitre 1

Un « Tchernobyl agricole » ?

Entre la côte et les collines, le pays est magnifique, mais désolé. Les hommes ont fui : seuls sont restés ceux qui ne pouvaient pas partir. Certains traînent une vie solitaire, sans avenir. D'autres croulent sous les dettes. Ils habitent des villages désertés, qu'on traverse le cœur serré, sans croiser âme qui vive. Les déchets animaux s'accumulent dans les champs. On ne sait comment s'en débarrasser. La nourriture des hommes et des bêtes est contaminée. On abat des troupeaux entiers atteints par cette maladie qui a fait tant causer à Paris. Chez nous aussi d'ailleurs.

« Tchernobyl ?

— Non : la campagne bretonne.

— Au Moyen Âge ? À l'époque des grandes épidémies ?

— Non : à trois ans de l'an 2000. »

Pas besoin d'être pessimiste ni visionnaire pour établir ce constat : l'agriculture bretonne — et, avec elle, une grande partie de l'agriculture française — est sinistrée. L'industrialisation a entraîné une suicidaire fuite en avant. La crise de la vache folle n'a été que le révélateur d'un mal plus ancien. Si les vaches ont pu devenir folles, c'est que le système était, lui, enragé.

Comment en est-on arrivé là ?

En mai 1996, Victor Scherrer — c'est un « monsieur », il est président de l'industrie agro-alimentaire française — déclarait dans *Ouest-France* : « Depuis 1992, la valeur ajoutée de l'industrie alimentaire dépasse celle de l'agriculture. Il faut que les pouvoirs publics prennent en compte cette réalité. Nous sommes en aval et c'est nous qui pilotons. »

Voilà qui est clair. Sur le navire de l'agriculture, le paysan n'est plus qu'un galérien : il rame, tandis que M. Scherrer et ses amis donnent le rythme en tapant sur leur grosse caisse et en tenant fermement la barre. Mais où l'ont-ils conduit ce bateau dont ils sont si fiers ? Droit sur les récifs.

L'industrialisation : c'est le maître mot, qui explique qu'on puisse transformer des ruminants en cannibales ! Imagine-t-on à quel point, en vingt ans, le langage des paysans s'est modifié ? Leurs vaches ne s'appellent plus « Blanchette » ou « Roussette », mais 000987 et 000682. Ligotés par le Crédit agricole qui les a « poussés » à s'endetter, bâillonnés par le syndicat officiel qui défend surtout les gros exploitants, ils n'ont plus qu'à dire amen à tout et à adopter le nouveau vocabulaire du temps : compétitivité, productivité, intégration. Et, pourquoi pas, bientôt, comme dans les autres industries, restructurations, licenciements, délocalisation ? Le paysan était un serf. La Révolution l'a libéré. Le « progrès » l'a ramené à sa condition première. Vive le progrès !

Voilà vingt ans que je suis agriculteur. Kerbiquet Land, en Bretagne centrale, au cœur des Montagnes noires, entre Scaër et Gourin, est une ferme d'une centaine d'hectares, l'une des plus grandes de la région. Voilà vingt ans que je refuse les diktats de l'agriculture intensive, préférant la qualité à la quantité. Voilà vingt ans que je subis, avec d'autres, cette arrogance des profiteurs du système mis en place pour exploiter les sept cent mille paysans dont beaucoup trop ont, malheureusement, accepté de se soumettre.

Depuis vingt ans, j'essaie d'endiguer la folie qui gagne le milieu agricole, plus spécialement breton, le plus « performant ».

Depuis vingt ans, je défends une autre forme d'agriculture : non pas une agriculture « à l'ancienne », antérieure à l'invention de la charrue, mais une agriculture à visage humain, où l'économie servirait l'homme, où l'agro-industrie aiderait le producteur et non l'inverse comme aujourd'hui.

Depuis vingt ans, j'essaie d'arrêter le massacre qui a entraîné la disparition de milliers de paysans en France.

Depuis vingt ans, j'essaie de rendre un peu de dignité à ceux qui restent dans le métier, souvent malgré eux.

Depuis vingt ans, je dénonce les malheurs de l'agriculture industrielle : suicide, alcoolisme, célibat, désertification...

Étais-je donc un rétrograde, un illuminé qui, parfois au péril de sa vie, prêchait dans le désert ? N'avais-je donc rien compris à l'évolution du monde ? On ne m'a pas entendu.

Les événements, aujourd'hui, semblent pourtant me donner raison. Paradoxalement, l'affaire de la vache folle vient in extremis renflouer l'agriculture traditionnelle, celle qui a refusé de rentrer dans le moule, dans le système agro-alimentaire mafieux qui règne en France. Soudain, avec ce « Tchernobyl agricole », le combat change d'âme : le pouvoir médiatique, le premier pouvoir en France, appartient désormais à cette agriculture humaine ; c'est sa dernière chance de ne pas être broyée par l'engrenage en place.

Si j'ai décidé de témoigner, ce n'est pas par triomphalisme, mais parce qu'il me semble au contraire que tout reste à faire. On a parlé, dans un livre récent, d'un « miracle breton » : celui qui employait ces mots vit à Paris, loin d'un miracle qui n'a, en vérité, rien d'exaltant.

Chapitre 2

Maîtres et esclaves

La vie du paysan n'a jamais été douce. Jadis, levé avant le coq, couché après les poules, il ne ménageait pas sa peine pour soutirer à la terre ses moyens de subsistance. En Bretagne, notamment, la « vie aux champs » a longtemps été synonyme de misère. Mais elle était rythmée par les saisons, auxquelles on ne pouvait que se soumettre. Aujourd'hui, elle répond à d'autres arbitraires.

En Bretagne, avant la réforme du statut du fermage, les fermes les plus importantes appartenaient à des nobles. Pour le paysan qui, devant eux, baissait les yeux, humblement, son chapeau à la main, c'étaient Dieu le père et l'État incarnés en une seule personne. Le paysan breton répétait jour après jour cette fameuse scène de *L'Angélus* de Millet dont j'ai parlé.

Chaque année, à l'automne, les locataires allaient payer leur loyer chez le notaire chargé de la « récolte ». Chacun, tour à tour, entrait dans son bureau et lui remettait son chèque. Ensuite, on dressait des tables dans un restaurant du voisinage, et tous les fermiers banquetaient aux frais du comte : on aurait dit une noce populaire. C'était, d'ailleurs, la principale dépense que consentait le propriétaire pour la mise en valeur de son bien, car, pour le reste, il se comportait encore en seigneur féodal chevauchant dans les cultures et tenant ses manants pour des serfs corvéables à merci. En 1937, un vieux notable, qui possédait un château à côté de chez mon grand-père, avait si peu de considération pour celui-ci qu'il baissa un jour devant lui son pantalon pour exhiber son postérieur. Il était « handicapé » pour chasser, disait-il, à cause d'un furoncle mal placé !

En tout, la règle était de maintenir les paysans dans leur sujétion séculaire. Il était très mal vu que les enfants fréquentent une école publique. Pour louer une ferme, il était « recommandé » d'aller à l'église le dimanche !

Rétif à la dépense et comptant sur l'infinie bonne volonté de ses bêtes de somme, le propriétaire entreprenait aussi peu de travaux que possible sur son exploitation : le fermier était souvent obligé de pallier cette négligence, s'il ne voulait pas habiter un taudis et cultiver de stériles champs de cailloux. Cela n'empêchait pas qu'on le mette à la porte, sans préavis, après qu'il eut dépensé sa sueur et son argent à entretenir un domaine qui, sans lui, serait retourné aux friches.

La chasse était réservée au propriétaire et, accessoirement, au locataire. À 18 ans, je devais aller quémander au château l'autorisation de chasser sur les terres que cultivaient mes parents. Encore ne m'accordait-on le droit de tirer que le menu gibier (lapins, pigeons). Le gibier noble (bécasses surtout) était réservé au comte ! Et cependant, le fermier devait nourrir la meute de chiens du comte, du 1er janvier au 31 décembre.

En 1972, lorsque mes parents achetèrent la ferme que le propriétaire, mauvais gestionnaire, n'avait su conserver, ma première décision fut de mettre un terme au droit de chasse du comte qui aurait voulu maintenir ce privilège. Cela ne lui plut pas ; il vint à deux reprises me supplier de lui laisser le droit de chasser la bécasse. Mais aucune supplication ne pouvait effacer le souvenir de l'humiliation que j'avais éprouvé chaque fois que je devais mendier l'autorisation de tirer un lapin.

Ces anciens maîtres ont disparu pour la plupart, balayés par une révolution qu'ils n'ont pas su prévoir. Mais ils ont été remplacés par d'autres, encore plus sectaires et dominateurs.

Si les anciens maîtres, les comtes propriétaires, ne « surveillaient » leurs fermiers qu'une ou deux fois l'an, à l'occasion des parties de chasse, ceux d'aujourd'hui sont omniprésents dans les campagnes. Dans certaines fermes, les nouveaux seigneurs passent presque tous les jours : leurs affiches en quadrichromie appellent cela de « l'animation technique permanente ».

C'est le nouveau credo qui a remplacé la messe dominicale. Chaque matin, on les voit arriver, ces « animateurs », dans leurs costumes de ville, leurs voitures hérissées d'antennes : voilà le technicien volailles qui surveille les dindons pour suivre l'évolution du produit ; voilà le contrôleur laitier qui « pèse » le lait ; voilà le technicien aliments qui vend le dernier produit « performant » — celui qui fera un jour la une des quotidiens quand on connaîtra sa composition... Ces contremaîtres de la nature, ces gardes-chiourme du système accaparent le pouvoir de décision de l'agriculteur... sauf — Dieu merci — les week-ends et la nuit !

Ils sont pourvus de tous les moyens modernes (fax, micro-ordinateurs qu'ils trimbalent avec eux, téléphones portables...) pour accourir près de l'éleveur à la moindre alerte. Ce ne sont plus des « techniciens » mais de véritables « nounous ». Ce qui les anoblit ? Le BTS[1] ! Ils dispensent toujours les mêmes conseils pour que l'éleveur soit plus « compétitif ». Et malheur à celui qui rechigne à les suivre ; la sanction ne tarde pas à tomber : on lui apporte de mauvais poussins, des porcelets fragiles, on rejette ses demandes de prêt...

Lorsque je me suis installé, en 1977, j'ai tout de suite été assailli par ces maudits conseillers. J'ai planté à l'entrée de ma ferme une pancarte annonçant que je ne recevrais « ni les techniciens, ni les quêteurs, ni les promeneurs ». Je ne les ai jamais revus. Mais, dans certaines fermes de Bretagne, le paysan s'inquiète s'ils ne passent pas un matin. Il se sent perdu, désarmé, orphelin.

Parfois, si la montagne ne va pas à toi, c'est toi qui vas à la montagne : le personnel pléthorique des administrations, qui « répertorie », « fiche », met en statistique le moindre agriculteur, ne se déplace pas ; c'est l'agriculteur qui lui rend visite. Je suis parfois surpris en entendant ces surveillants du monde agricole donner le « pedigree » de chaque paysan. Ils connaissent tout de lui. Il faut dire qu'en

1. Le célèbre brevet de technicien supérieur.

raison de la politique des primes, les contacts sont de plus en plus fréquents, et que les contraintes toujours plus lourdes (mise aux normes, autorisations, etc.) vont encore augmenter le nombre d'employés nécessaire. Les organisations para-agricoles se multiplient : ADASEA[1], INRA[2]... Chaque employé de ces administrations se croit indispensable à la bonne marche des choses. Qui s'en plaindrait ? Après tout, cela crée des emplois. Car moins les paysans sont nombreux, plus on a besoin de monde pour les bichonner !

À côté de ces puissances tutélaires du monde agricole se rangent le banquier, l'administrateur de coopérative, le représentant de la FNSEA[3]. Les paysans leur confient tout — certains vont même jusqu'à apporter à leur comptable des lettres personnelles qu'ils n'ont pas ouvertes. Ainsi sont-ils dépossédés de leur vie, transformés en machines par un système qui doit alimenter, « en flux tendu », les rayonnages des hypermarchés, tout en rentabilisant ses investissements au maximum.

Maîtres et esclaves : on ne sort pas de ces rapports-là. Mais, aujourd'hui, l'agriculteur n'est plus seulement un serf au milieu des champs : c'est aussi un cobaye de plus dans le laboratoire qu'il a lui-même bâti et qu'il paie, par annuités, à ses banquiers.

1. ADASEA : Association départementale d'aménagement des structures des exploitations agricoles.

2. INRA : Institut national de la recherche agronomique.

3. FNSEA : Fédération nationale des syndicats d'exploitants agricoles.

Certains agriculteurs ont su profiter du système agro-industriel. D'autres — la majeure partie — souffrent... et se taisent.

Yves est un seigneur. À 54 ans, il est installé sur une ferme de quatre-vingt-douze hectares, en Bretagne centrale. Sa femme Monique, 52 ans, son fils Émile, 28 ans, et sa belle-fille Hélène, 24 ans, travaillent avec lui. Il produit surtout du porc (cinquante hectares de céréales transformées sur l'exploitation leur sont réservés) et des légumes de conserve (pois, haricots, épinards, sur trente-cinq hectares). Le reste est en jachère.

Comme l'environnement impose certaines contraintes, Yves doit épandre le lisier de son élevage. Le lisier, ce sont tous les excréments qui proviennent des bêtes. Pour ce faire, il s'apprête à acquérir une soixantaine d'hectares de terres appartenant à un éleveur de bovins qui va rendre les armes. En 1992, alors qu'une crise sévissait dans le porc (cette production a la particularité de se plier à des cycles de prix), Yves me disait (en plaisantant ?) : « J'espère que le prix du cochon va encore baisser, ça éliminera les petits. »

Les éleveurs industriels ne s'embarrassent pas d'états d'âme. Ils ont pour unique vocation de produire toujours plus, de fournir les usines à viande, de garnir les rayons des grandes surfaces. On leur a tant parlé de compétitivité qu'ils essayent d'être les plus gros de leur région, même s'il faut, pour cela, manger tous les petits des environs ! L'éleveur de porcs ne parle plus que de cochons. Il ne sort de son exploitation, ou plutôt de ses « ateliers » — car le langage change, lui aussi —, qu'une fois par semaine, pour aller chercher le pain qu'il stocke dans son congélateur... à côté de la viande de génisse charolaise élevée à l'herbe, chez son voisin.

Quand il quitte ses porcs, une ou deux fois l'an, c'est pour un voyage au Canada ou aux États-Unis payé par le groupement de producteurs ; là-bas, il participe à des visites guidées d'exploitations dirigées par des éleveurs qui lui ressemblent : « pas des fainéants ou des bricoleurs ». Il s'aperçoit ainsi qu'au-delà des mers, il y a encore plus gros que lui. Ambition et esprit de clocher font le reste : il a trouvé de nouvelles raisons d'investir, dès son retour.

En 1993, Yves a investi 5 millions de francs dans de nouveaux bâtiments. L'an passé, il a encore déboursé 1,8 million. La valeur de son élevage dépasse les 10 millions de francs. À ce rythme, il suffira bientôt d'une centaine d'éleveurs de porcs en Bretagne.

Administrateur dans son groupement de porcs, Yves y siège pour son propre intérêt. C'est « son » élevage qu'il vient y défendre. Le seul problème, celui qui gâche un peu le tableau de sa réussite, c'est le lisier. Depuis deux ans, les contraintes, nées du souci de l'environnement, concernant l'épandage freinent quelque peu son expansion. Mais son groupement de producteurs de porcs a trouvé la solution : à quelques kilomètres, un jeune éleveur, Jacques, vient de déposer son bilan. Il dispose de porcheries neuves et de terres pour le lisier. Les porcelets d'Yves y seront transportés. Jacques se fera un plaisir de les nourrir ; ainsi deviendra-t-il salarié, et ses voisins ne sauront rien de sa faillite, puisque ses porcheries ne se dégarniront jamais. Tout le monde y gagne : Yves, le groupement de producteurs, et même Jacques — tant que ses bâtiments tiendront debout.

Jean-Pierre, lui, est un manant. À 36 ans, il a beaucoup de difficultés à maintenir le cap.

Il s'est installé en 1982, comme producteur de « veaux blancs ». À l'époque, le veau blanc semblait promis à un bel avenir. Son appellation est trompeuse : ce n'est pas la bête qui est blanche, mais sa chair. La peau, elle, est en général tachetée noire et blanche. Ce sont les veaux des fameuses vaches laitières de race Holstein qui ont envahi nos campagnes.

Lorsque ces veaux ont sept ou huit jours, la coopérative laitière les ramasse dans les élevages laitiers et les place chez des éleveurs comme Jean-Pierre. En 1984, il a construit, pour les accueillir, un bâtiment de trois cents places, d'une valeur de 800 000 francs, entièrement financé par la banque, grâce à la caution de ses frères.

L'élevage des veaux blancs est un exemple de rationalisation de la production. Les bêtes sont élevées chacune dans une case individuelle où elles ne peuvent effectuer que deux mouvements : se lever et se coucher. La case est trop petite ; elles ne peuvent y circuler. À l'intérieur du bâtiment, il fait aussi sombre que possible. Le consommateur aime la viande blanche. Or, le mouvement et la lumière donnent une viande plus rosée. Changeons la lumière !

L'alimentation des animaux est élaborée tout

aussi consciencieusement. Les veaux n'ont droit qu'à du lait en poudre, produit par la coopérative ou l'industriel privé qui a fourni les veaux : c'est l'intégration complète. La poudre de lait est issue de la production laitière. Il s'agit d'un lait reconstitué, car la matière grasse et les matières azotées ont été retirées pour fabriquer le beurre et le fromage. C'est une loi de l'évolution : rien ne se perd.

Les veaux ne mangent rien de solide. Ils sont monogastriques, seule leur caillette fonctionne ; ils ne deviendront jamais des ruminants, car leur nourriture liquide ne contient pas de fibre. Pour que leur organisme supporte un tel régime, il faut utiliser des substances dites « hépato-protectrices » et des vitamines. Autrefois, ils « bénéficiaient » également d'hormones de croissance, aujourd'hui interdites. Mais, parfois, les journaux font encore état de condamnations concernant des éleveurs qui passeraient outre.

La production de veaux blancs est indispensable à la survie de la production laitière en Bretagne. Car telle est l'absurdité du système agro-industriel breton, telle est la marque de sa fragilité : un seul caillou se détache du mur, et c'est toute la maison qui s'écroule. Les vaches donnent du lait et des veaux ; les veaux ingurgitent les surplus de lait, qu'on écoule ainsi. Si la production de veaux s'arrête, il faudra jeter le lait en poudre, et les producteurs de lait devront subir une baisse du prix de leur livraison : de 2 francs le litre actuellement, il pourrait descendre à 1 franc 60 ou 1 franc 80.

Voilà pourquoi, dans un département comme le Morbihan, la FNSEA, tenue par les producteurs de lait, défend coûte que coûte cet élevage de veaux blancs. Les éleveurs de veaux sont devenus les mineurs de fond des producteurs de lait. Il ne suffit pas d'être malheureux, il faut pouvoir trouver plus malheureux que soi. Pour que cette maison branlante ne s'effondre pas, on doit régulièrement trouver des éleveurs, comme Jean-Pierre, qui acceptent de s'endetter et de trimer, chaque jour, pour un revenu dérisoire.

Car Jean-Pierre a un taux d'endettement de 103 % (il s'en faut de 3 % que son capital d'exploitation n'atteigne le montant de ses dettes !). Cet été, il a coupé du bois de chauffage pour survivre. Son frère, Émile, qui produisait aussi du veau blanc, a préféré jeter l'éponge.

Jean-Pierre est intégré dans la « filière », tout en bas ; il est à la merci de ceux qui « pilotent », en amont : producteur de lait, usine laitière et fabricant de lait en poudre... Il a signé un contrat d'intégration avec la société qui le fournit. Le prix de ses veaux est garanti pour l'année à venir, mais pas pour les années futures. Or, le prix de revient de son bâtiment et son prêt n'ont pas été calculés sur douze mois, mais sur de longues années.

Yves, le seigneur, ou Jean-Pierre, le manant, sont les deux faces d'une même médaille. Ceux qui ont refusé d'entrer dans cette économie délirante n'ont pas voix au chapitre. En dehors du circuit, ceux qui produisent « bio », ou simplement dans le respect de la nature et de l'homme, ont dû renoncer au confort, à l'apparat, aux voyages, à tous les bienfaits de la société de consommation. Mais ils n'ont pas vendu leur âme.

Quand j'ai repris la ferme de mon père, en 1977, j'ai opté pour la production de bêtes de race à viande (charolaise) à partir des seuls produits de la ferme (herbe, maïs, foin, céréales). Il aurait été moins difficile, et plus rentable, d'avoir recours à des aliments extérieurs. Mais j'avais mes raisons.

J'aime la nature. Je déteste être enfermé dans une pièce ou dans un bâtiment. Je n'en ai que trop souffert lors de mes études et des années que j'ai passées à Paris. J'adore, le matin, mouiller mes bottes dans l'herbe gorgée de rosée en surveillant mon troupeau. Lui aussi est libre de se promener, comme moi, dans la pâture. Bien sûr, l'hiver, quand il fait trop mauvais, je suis obligé de rentrer les bêtes à l'étable où, au lieu d'herbe, je leur donne du foin, un peu de maïs et des céréales. Mais je n'ai qu'une hâte : les ressortir au plus tôt, dès le mois d'avril. Ce moment tant attendu est une libération. Du jour au lendemain, ma charge de travail est divisée par dix. Quant aux animaux, il suffit de les voir gambader pour comprendre ce qu'ils pensent du printemps. Il faut toutefois surveiller les clôtures, car, habitués aux longs mois passés à l'étable, ils ont tendance à oublier qu'il ne faut pas pénétrer chez le voisin.

Je ne suis pas venu à la ferme pour y voir débarquer chaque matin un technicien qui me donnerait des directives sur la manière de nourrir mon cheptel. En refusant d'entrer dans la spirale des achats d'aliments composés, je préserve ma liberté. Cette agriculture presse-bouton est aussi exaltante que ses produits sont authentiques : les camions vous livrent, il ne vous reste plus qu'à distribuer la nourriture en appuyant sur quelques boutons, tout est automatique. Point n'est besoin de beaucoup réfléchir. On pourrait d'ailleurs envisager d'installer ces élevages industriels dans la cour de l'usine d'aliments, voire dans les docks du port de Lorient, là où arrivent les bateaux gorgés d'aliments américains.

L'élevage des animaux, surtout bovins, aurait dû demeurer lié au sol. Bien sûr, quand la ferme est trop petite, il est parfois nécessaire pour survivre de s'engager dans une production qu'on appelle hors sol. Mais celle-ci devrait être à dimension humaine et ne pas transformer l'agriculteur en esclave de l'agro-industrie.

En outre, en choisissant d'élever mes bovins avec ce qui est produit sur l'exploitation, je me donne les moyens de maîtriser l'ensemble de mon élevage. Je suis à même de surveiller l'animal depuis sa conception — j'utilise la monte naturelle[1] — jusqu'à sa mort. Je sais de quoi il est nourri, alors qu'un éleveur qui se fait livrer des aliments ne peut vérifier le contenu du camion qui déverse son produit dans le silo. Il n'a pas, même s'il en a envie, les instruments nécessaires au contrôle. Il doit faire confiance au fabricant, les yeux fermés. On a vu le résultat de cet aveuglement dans l'affaire de la vache folle, où la confiance des agriculteurs a été

1. Un taureau est en permanence dans le troupeau et détecte le moment opportun pour intervenir...

abusée, les vaches laitières ayant été contaminées à l'insu de l'éleveur.

Dernière raison — et ce n'est pas la moindre —, il existe un lien affectif entre un troupeau et l'éleveur quand la production de bêtes de race à viande (charolaise, limousine, blonde aquitaine...) est réalisée à partir de vaches allaitantes. Le peu de revenu que l'éleveur en tire — car, dans le milieu paysan, il s'est toujours trouvé en bas de l'échelle —, il le devra à la qualité de ses relations avec l'animal, surtout avec la vache reproductrice. En effet, pour mériter sa place au sein du troupeau, celle-ci doit présenter de nombreuses qualités : la docilité, la facilité de vêlage, être une bonne nourricière, etc. Les vêlages ont souvent lieu la nuit, en hiver. Il n'est pas rare que l'éleveur se retrouve seul pour ces opérations : un accident peut arriver, avec une bête méchante, par exemple. Le lien affectif est alors très important.

La « création » d'un troupeau allaitant demande de longues années. Lorsqu'il apparaît qu'il manque à certaines vaches une de ces qualités, l'éleveur doit éliminer celles dans lesquelles il avait placé ses espoirs, qu'il avait longuement « préparées ». Je connais le caractère de chacune de mes bêtes.

L'inverse est vrai aussi : elles me connaissent. Dès qu'un étranger entre dans le champ, c'est la panique. L'année dernière, alors que je voulais changer un troupeau de parcelle, j'ai demandé à un ami de me donner un coup de main. J'avais oublié qu'il était ouvrier boucher. Les vaches ont dû sentir l'odeur du sang et je n'ai pas pu les sortir du champ ce jour-là. Il a fallu attendre le lendemain... sans le boucher !

Cette relation privilégiée se travaille : chaque jour, je passe parmi mes bêtes, je les caresse, je les flatte. Une vache reconnaît son veau à l'odeur, et il est très difficile de faire adopter un veau par une autre vache que sa mère.

Comment voulez-vous que ce lien affectif entre l'éleveur et ses animaux se développe dans un élevage industriel, en hors sol, où tout est déshumanisé ? Allez créer un lien particulier entre un volailler et l'une des dix mille dindes de son poulailler ultramoderne !

Ce lien affectif est exploité par le système. Chacun sait qu'un éleveur à viande a beaucoup de mal à quitter ses bêtes, malgré les contraintes énormes qu'elles lui imposent et le maigre revenu qu'elles lui fournissent. Chaque fois qu'on privilégie le cœur au détriment de l'économie, on risque d'être pris pour un doux rêveur ou un imbécile. Dans chacun de mes choix, la part du cœur a toujours prévalu sur celle de l'économique, mais je ne crois pas que les deux soient, à terme, incompatibles. L'avenir dira si j'avais tort de le croire, et si les esclaves ne deviendront pas, à leur tour, des seigneurs.

Chapitre 3

Rebelle !

On m'appelle Kadhafi. La malice des paysans qui m'ont affublé d'un surnom que je ne revendique nullement ne visait sans doute qu'à qualifier un de leurs voisins dérangeants, aux idées insolites, aux méthodes peu orthodoxes, et oubliait — je l'espère du moins — le côté terroriste et délirant du dictateur libyen. En tout cas, il me désignait ouvertement comme un étranger, un ennemi du système, un solitaire. Nous ne sommes guère nombreux, en Bretagne, à avoir suivi ce parcours. Mais je connais quelques autres Kadhafi. À l'heure où l'agriculture bretonne se remet en question, il y a fort à parier qu'on leur trouvera bientôt des vertus négligées, et que leur révolte, qui paraissait si exotique, si dérangeante, deviendra l'une des vérités des années à venir.

J'ai toujours été un rebelle. Tout a commencé lorsque j'avais 6 ans, en 1955. Comme dix kilomètres séparaient la ferme de l'école, et qu'il n'y avait pas, à cette époque, de ramassage scolaire, mes parents me mirent en pension. On voyageait peu et mal quand on était paysan : les camions frigorifiques ne sillonnaient pas encore nos routes. Baignant dans la terre de cette Bretagne profonde, à une quarantaine de kilomètres de la côte, je ne vis pas la mer avant l'âge de 7 ou 8 ans.

En pénétrant dans cette école, le premier jour, j'entrais dans un autre monde. Tout paraissait propre, immense : les escaliers étaient démesurés. Il y avait du carrelage partout, et je n'en avais jamais vu : à la maison, le sol était en terre battue ou en plancher. Mais mon émerveillement fut de courte durée. J'étais le plus petit de l'école ; le plus jeune des pensionnaires avait 8 ou 9 ans. À 5 heures, le soir, quand je voyais les externes rentrer chez eux, je ne pouvais retenir mes larmes. J'allais en pleurs dans les couloirs, inconsolable.

Les pensionnaires ne rentraient dans leur famille qu'au moment des grandes vacances. Les week-ends, on leur concédait la promenade, comme aux prisonniers. On parcourait des kilomètres dans la campagne. La discipline inculquée par les frères de Lamennais — en Bretagne, les maîtres ne pouvaient être que catholiques... — me semblait inhumaine. Il fallait toujours marcher en rang, qu'on se rende au réfectoire, en classe, au dortoir ou à la promenade. Malheur à celui qui s'écartait du groupe : un frère s'approchait et lui pinçait le bras.

Le seul adoucissement de cette rigueur ? Me laisser aller de temps à autre aux cuisines, où il y avait des femmes. Je pouvais respirer ainsi un peu de souffle maternel. Mais je n'avais droit à aucun régime de faveur, et il me fallait ingurgiter, comme les autres, ces brouets et ces plats d'oignons cuits — les oignons poussaient facilement dans le potager de l'école, on les accommodait à toutes les sauces. Pour s'en débarrasser, car ils étaient dégoûtants, on les glissait discrètement dans nos poches et on allait les jeter dans les cabinets, au fond de la cour, qui étaient le royaume d'énormes rats. Nous avions toujours le pantalon mouillé par le jus de ces oignons... Après le repas, on rangeait les couverts dans nos casiers, sans les laver. Parfois, on frottait la fourchette contre la serviette, pour en enlever la crasse. Personne ne s'en formalisait. Tout le monde trouvait cela naturel.

C'est ainsi qu'on formait ces braves paysans soumis dont le système a tant profité. Mais c'est ainsi, aussi, qu'on formait des loups. Certains grands étaient si cruels que je me défendais en leur lançant des pierres. D'autres étaient préposés à la surveillance des petits : quand mes parents venaient me voir le lundi, jour de marché à Gourin, et que je les voyais repartir trop vite, j'essayais de les suivre au-delà de la porte de l'école ; les grands me rattrapaient ; ils étaient déjà du côté de l'autorité. Quarante ans après, je me rappelle encore leurs noms : Sébastien, Jacques et Eugène.

Les difficultés forment le caractère. Je me disais : quand je serai grand, il ne fera pas bon me marcher sur les pieds.

Heureusement, je me défendais très bien en classe. On me fit sauter la neuvième et, à 10 ans, en sixième, je parvins même à amadouer frère Alexis, connu dans toute la région pour sa sévérité, qui corrigeait les fautes dans les dictées à grands coups de règle en bois sur la main. Il aimait l'orthographe et le sport, et comme j'excellais dans les deux disciplines, je sus m'épargner bien des coups.

J'obtins le BEPC à 14 ans, en 1963. Puis je fis une seconde de technique industrielle, l'équivalent des classes S actuelles, dans la meilleure école privée de la région, le fameux Likès de Quimper. Mais les mathématiques et le dessin industriel me jouèrent un mauvais tour. Je redoublai ma seconde, en commercial. Et c'est là que je trouvai ma voie : à côté des mathématiques, le droit et l'économie me parurent d'une étonnante facilité. Je passai le bac en cette fameuse année 1968, puis entrai à la faculté de droit de Brest.

Je m'aperçus qu'il était plus difficile de réussir aux examens pour les étudiants issus de milieux populaires que pour les enfants de bourgeois. Sans parler des amitiés qui pouvaient exister entre les professeurs et les parents de certains, le fils de paysan éprouve toujours un complexe d'infériorité vis-à-vis de la progéniture des notables. Quand il me fallait présenter des exposés devant tout ce beau monde, je me sentais gauche, emprunté. Certains enseignants se croyaient investis d'une mission, protéger la faculté de l'intrusion du bas peuple, tel celui qui, un jour, me lança : « Il y a de la place à l'usine pour les fils de paysans ! »

On comprendra que j'aie mis un point d'honneur à obtenir ma licence avec mention. C'était, encore, une manière de me révolter.

Après le service militaire — où j'eus la fierté de mettre la main sur ma fiche personnelle sur laquelle un gradé avait noté : « Élément toujours prêt aux reparties, à fort caractère » —, je postulai pour un poste de conseiller juridique dans la coopération, à Paris. Comme je ne connaissais personne, que je ne pouvais faire jouer aucun « piston », je fus surpris d'être engagé. N'avait-on eu aucun fils d'administrateur de coopérative à placer ? Il devait y avoir un piège.

Il y en avait un, en effet, je ne tardais pas à le découvrir. Personne n'avait réussi à tenir plus de dix-huit mois à ce poste, car on s'y ennuyait ferme. J'étais chargé de répondre, par téléphone, à toute sorte de questions qu'étaient censés poser des « réviseurs », responsables de la comptabilité des coopératives. En fait, on n'avait que fort peu recours à mes services, et je passais mes journées à regarder ma montre. Les experts-comptables expérimentés n'avaient qu'une confiance très limitée dans la science d'un jeune blanc-bec.

Je passais ainsi deux ans dans un bureau de la rue des Pyramides, près de l'Opéra. C'est là que je rencontrai celle qui allait devenir ma femme, économiste dans une union nationale de coopératives agricoles, qu'elle quitta, elle aussi, pour retourner en Bretagne avec moi. Mon père venait de déclarer forfait. J'allais pouvoir reprendre la ferme. Il était temps, car elle tombait en ruine.

Dès mon arrivée à Kerbiquet Land, je décidai de mettre de l'ordre dans mes affaires. Cela ne plut guère dans la région, où l'on avait pris l'habitude d'abuser de la gentillesse de mon père. J'avais beau être du pays, on devait me prendre, après mon séjour à Paris, pour un « gars de la ville ». Un « juriste » devenant exploitant, c'était comme le « sous-préfet aux champs », cela ne faisait pas sérieux. Quand on considérait l'état de la ferme, plus ou moins en friche, « on » ne me donnait que six mois à tenir, « on » m'attendait au virage. C'est alors que mon « mauvais », mon « très mauvais » caractère, trempé par de longues années de pension chez les frères, s'est réveillé. Il était plus que temps de prendre ma revanche sur un monde qui avait tout fait — et qui ferait encore tout, pendant longtemps — pour me faire taire. J'allais relever ce défi, mais avec mes armes à moi, en refusant de me soumettre et de produire à tout va, sans réfléchir. J'allais travailler autrement, plus rationnellement, plus sainement. Je voulais montrer que je pouvais rivaliser avec les vrais paysans. D'emblée, on comprit que je ne plaisantais pas : mon refus de la dotation jeune agriculteur (DJA) avait fait de moi un spécimen de musée.

Pendant une dizaine d'années, j'ai produit du lait, avec le système ancestral des pots trayeurs et en nourrissant exclusivement mes vingt-cinq vaches à l'herbe : je montrais ainsi combien j'étais rétrograde... En même temps, j'engraissais les « descendants » de ces vaches pour la boucherie.

Durant ces dix premières années, mon but principal fut de mettre la ferme dans l'état où elle aurait dû se trouver si elle avait été correctement entretenue. Chaque année, le bulldozer arasait quelques centaines de mètres de talus et de souches, mais j'avais toujours soin de ne pas tout détruire comme le fait trop souvent le remembrement. Il fallait ensuite enlever les cailloux accumulés depuis des années dans les fossés, et attendre quatre à cinq ans avant de récolter quelque chose sur les terres libérées par les talus.

Je n'avais guère le temps de quitter mon exploitation ; je ne me souviens pas d'avoir pris un jour de vacances en dix ans, être allé au restaurant ou au cinéma ; je n'allais que très peu aux réunions, laissant à d'autres le soin de défendre mes intérêts ou plutôt de faire semblant. Mon troupeau s'agrandissait peu à peu, mais je n'avais pas beaucoup de bêtes à vendre, puisqu'il me fallait surtout parvenir à un certain niveau de production. Si j'ai pu tenir le coup, c'est grâce au salaire de ma femme, et au lait, qui était payé chaque mois.

J'aurais pu faire comme les autres : aller au Crédit agricole et ressortir avec le pactole. Mais les cours d'économie aidant, je me disais que l'inflation n'allait pas demeurer éternellement au niveau des années 75-80, et que le remboursement des annuités serait beaucoup plus difficile. Je m'aperçois aujourd'hui que je n'avais pas tort.

En dix ans, la surface utile de la ferme tripla et, surtout, grâce à l'apport de fumier et d'amendements calcaires, cette terre commença à donner ses fruits. Je triplai également le nombre de mes bovins qui passèrent de soixante-quinze à plus de deux cents. En même temps que je faisais du lait à partir de vaches de race laitière, je constituais un troupeau de race à viande charolaise.

Dès le début, j'avais décidé d'élever mes animaux en ne les nourrissant que d'aliments produits sur la ferme. Pour cela, Kerbiquet Land présente quelques atouts. Tout d'abord, l'exploitation est groupée, ce qui offre un énorme avantage quand il s'agit de faire passer les bêtes d'un champ à l'autre. D'autre part, chaque parcelle dispose d'eau gratuitement, grâce aux ruisseaux et aux sources que j'ai aménagées. Je ne perds pas de temps, comme beaucoup d'éleveurs, à me « promener » avec une tonne à eau. Tout cela pour un revenu en 1995 (avant la vache folle) de 6 200 F net par mois grâce aux primes parce que ceux qui font de la qualité ne peuvent vivre sans.

La ferme était donc sauvée. J'avais déjà pris, dans les instances agricoles, les positions intransigeantes qui m'ont valu mon surnom quand le système décida qu'il était temps d'essayer de me mettre au pas. Je m'étais passé de lui trop longtemps. Il devait me le faire payer.

En octobre 1992, un dimanche après-midi, je fus agressé à mon domicile par quatre ramasseurs de noix et de châtaignes à qui j'avais reproché de voler les fruits de mes arbres. La presse locale a donné de cette affaire une version trop peu conforme à la vérité, même s'il lui fut difficile de cacher que j'étais dans mon droit. Mais on a tôt fait de transformer une victime en coupable. Surtout quand la victime en question a eu le tort d'infliger une défaite cuisante, lors d'une élection professionnelle, au président du Crédit agricole.

Rossé de belle manière, j'avais eu un doigt et une côte cassés. Un médecin m'avait prescrit soixante-douze jours d'arrêt de travail. Mais je m'étais défendu, et j'avais aussitôt déposé plainte à la gendarmerie. Les rôles s'étaient alors inversés, les agresseurs se prétendant agressés ! De fait, l'instruction de l'affaire fut accablante. Et lorsque le tribunal correctionnel se pencha sur l'affaire en mars 1995, la présidente était si prévenue contre moi qu'elle commença par m'insulter en m'appelant plaisamment Kadhafi : l'humour douteux que certains magistrats exercent aux dépens des justiciables est la morgue de leur profession. C'étaient des employés communaux qui l'avaient renseignée, lors de l'enquête de gendarmerie.

La présidente m'apprit que le chemin, lieu de l'agression, était du domaine public communal. Je connaissais le droit ; je sus que j'étais dans mon tort. Chez moi, j'aurais pu me défendre. Mais quand le chemin est public, il faut se laisser tabasser... Mon agresseur principal bénéficia de la « légitime défense » ; je fus condamné à deux mois de prison avec sursis et à tous les dépens.

Jamais, avant le procès, je ne pus voir mon dossier. Mon avocat lui-même négligea de me le montrer. Lorsque je le reçus, deux mois après le procès, alors que le délai légal pour faire appel était dépassé, je m'aperçus avec stupeur qu'y figurait une attestation du maire de ma commune, datant de mars 1993, précisant en effet que le lieu de l'altercation était du domaine public. Ce maire avait été gérant de la coopérative Cecab ; son meilleur ami et adjoint au conseil municipal n'était autre que le président du Crédit agricole, celui que j'avais battu quelques années plus tôt au poste d'administrateur de la coopérative.

Les élections municipales de juin 1995 approchaient. Profitant de cette période de promesse, j'écrivis au maire et au conseil municipal, demandant que la commune procède à la rénovation du fameux chemin, lieu de l'agression, puisqu'il était du domaine communal public. Le maire ne lut pas ma lettre au conseil municipal, comme il aurait dû le faire, et ne répondit pas. La semaine suivante, j'écrivis une seconde lettre, dans le même sens. Cette fois, le maire la lut au conseil municipal et répondit qu'en fait, et « après recherches », le chemin m'appartenait et qu'il n'avait jamais été du domaine public communal.

Cette information anodine changeait tout du point de vue judiciaire. Lorsqu'ils m'avaient attaqué, mes agresseurs étaient bel et bien sur ma propriété, en train de me voler. J'envoyai un communiqué à *Ouest-France* dans lequel je précisais que le maire de Gourin avait établi un faux en écriture publique. On ne m'opposa aucun démenti. Et il ne se représenta pas à l'élection municipale de 1995 !

Je déposai également une plainte auprès du procureur de la République pour faux en écriture publique. La plainte fut rejetée ; le maire disposait apparemment de bons défenseurs, parmi lesquels un ancien ministre plus très frais mais encore actif. J'exigeai cependant que les choses soient rétablies dans leur exacte vérité, chaque citoyen ayant le droit de protéger son honneur. Mon dossier est aujourd'hui au ministère de la Justice.

Il ne faut pas s'étonner de voir le système se défendre quand on l'attaque. S'il ne peut étouffer vos cris, il les déforme. Tout doit être tenté pour que vos accusations ne sortent pas du milieu. Mes critiques ont rarement franchi les portes du conseil d'administration de la coopérative ; élu à la chambre d'agriculture du Morbihan, les déclarations que j'y fais sont ignorées tant par *Le Paysan morbihannais*, journal de la FDSEA du Morbihan, que par la presse régionale souvent trop désireuse d'éviter toutes les polémiques.

Ainsi les électeurs croient-ils que ceux qu'ils ont désignés pour tenir un autre langage ne prennent jamais la parole, et ils se demandent à quoi bon les réélire — ou à quoi bon voter... Ils ignorent à l'évidence cette chape de silence qui écrase ceux qui ne sont pas dans la ligne.

C'est un sport à haut risque que cette contestation mais il est autrement plus gratifiant que la participation aux combines médiocres contre lesquelles il se dresse. Depuis que je fréquente les organisations agricoles, je ne côtoie guère ceux qui ont choisi la voie du copinage systématique. Je cultive un immense mépris à l'égard de ceux qui se vendent pour une élection truquée, un voyage ou le fameux Mérite agricole. Tous les minables l'ont reçu, me disait le directeur de la Cecab alors qu'on remettait cette médaille à un vieil administrateur placé à deux mètres de lui. Il y a une dizaine d'années, à la lecture d'une liste de récipiendaires, j'écrivis au préfet du Morbihan pour lui demander quels étaient les critères d'obtention du Mérite agricole : fallait-il avoir assisté aux réunions d'un syndicat ? avoir manifesté sa soumission aux autorités ? Le préfet me demanda si j'avais des noms à proposer. Je lui en présentai deux : un voisin, dont on disait que c'était le meilleur paysan du coin, et mon parrain qui avait travaillé d'une façon remarquable, sans compter sa peine, toujours prêt à donner des conseils avisés, jusqu'à 70 ans passés. Mais ils n'ont jamais reçu la distinction : ma demande aurait eu plus de chances d'aboutir si elle avait été envoyée au préfet par un de ces notables, fossoyeurs de l'agriculture bretonne, et qui sont les fantassins, les « gardes-chiourme » du système. Kadhafi n'est pas près d'arborer le ruban vert et amarante à la boutonnière de son bleu de travail.

Chapitre 4

Une agriculture sans agriculteurs

Les agriculteurs bretons ont-ils été sacrifiés sur l'autel de ce que ces messieurs savants du ministère et de la FNSEA appellent la « compétitivité » ?

Un pays est dit développé quand le nombre de ses agriculteurs est devenu infime. En France, nous en sommes à environ sept cent mille sur une population totale de cinquante-six millions d'habitants. Ces chiffres sont à rapprocher du nombre de chômeurs dont l'accroissement continuel est inversement proportionnel à la diminution du nombre d'agriculteurs.

Plus l'agriculture s'est intensifiée et spécialisée, plus l'agriculteur en a été une composante facultative, voire encombrante. Dans les années 60, la production était diversifiée dans les fermes bretonnes. Mon père avait vingt-cinq vaches laitières, quelques taureaux et génisses, une dizaine d'hectares de céréales, quatre ou cinq de légumes de conserve (pois et haricots), six ou sept truies dont il engraissait les porcelets.

À cette époque, dans les petites fermes, on a vu une possibilité d'arrondir les fins de mois grâce à une production hors sol en bâtissant trois cents mètres carrés de poulailler par exemple. Cette production était cependant marginale. Bientôt, sous l'influence des abattoirs, des marchands d'aliments et du Crédit agricole, elle est souvent devenue principale. De trois cents mètres carrés, on est passé à mille mètres carrés, puis, après 1975 (à la fin des bonnes années des productions liées au sol), à deux mille cinq cents, trois mille mètres carrés et à cent, deux cents, voire cinq cents ou six cents truies.

Les productions liées au sol ont progressivement été abandonnées, car elles rapportaient moins que le hors sol. En même temps, ce type de production s'est industrialisé et l'agriculteur s'est spécialisé : il n'était plus « paysan », mais volailler ou porcher. La monoculture a triomphé de la polyculture.

Des élevages importants ont été déconnectés de la terre. La valeur des terres agricoles a connu un déclin important.

Le système hors sol avait ses avantages : il écartait par exemple les risques liés aux intempéries. Une culture de plein champ peut être détruite par un orage ou une sécheresse, tandis que la météo a peu d'influence sur la production de porcs, de dindes ou d'œufs. On peut en outre atteindre des gains de productivité énormes, que l'élevage traditionnel en plein air ne connaîtra jamais. Dans un élevage de poules pondeuses, la lumière artificielle nocturne permet en effet une meilleure ponte. Il en est de même pour l'élevage de bovins au maïs, à l'étable. À l'herbe, la chose est plus délicate ; quand la bête sera repue, elle se couchera pour ruminer : il n'y aura pas de machine pour remplir sa mangeoire.

La spécialisation de l'agriculteur lui a lié les poings. Autrefois, du temps de la polyculture et de l'élevage traditionnel, quand une production se révélait peu rentable, les paysans pouvaient se permettre de l'abandonner. Ce n'était pas leur seule source de revenus. La plupart du temps, il s'ensuivait automatiquement une rareté de l'offre. Cela régulait les prix. Les paysans détenaient encore un certain pouvoir économique.

Par exemple, dans les années 60, une baisse des prix à la production des haricots de conserve entraînait, l'année suivante, un refus de semer. Aujourd'hui, à cause de l'irrigation, cela ne se fait plus. Le producteur de légumes ayant beaucoup investi dans ce matériel est coincé, l'industriel bénéficie, de ce fait, de la sécurité de ses approvisionnements. Il peut donc diminuer à sa guise les prix à la production... et il ne s'en prive pas. C'est vrai pour l'ensemble des productions hors sol liées à l'industrie : les poulaillers ou les porcheries ne se vident pas. Peu importe donc le niveau des prix à la production.

Cette agriculture « intégrée » dans une filière agro-industrielle situant le producteur au bas de l'échelle, l'industriel au sommet et le Crédit agricole au niveau intermédiaire fait de l'élément de base, l'agriculteur, un maillon sans pouvoir et sans profit. S'il n'a pu en acquérir aucun, c'est que le monde agricole est représenté par des gens que l'industrie a les moyens de manipuler. Rien de plus simple que de « corrompre » les représentants des producteurs : voyages, enfants placés, etc. *Ouest-France* a même fait état, dans son édition du 1er juin 1996, de la méthode du « cousu main », qui consiste à négocier des avantages individuels : prêts de 500 000 francs à taux zéro, salle de traite-cadeau, etc. Pour mettre au pas les récalcitrants, ceux qui n'acceptent pas de se coucher, tous les coups sont permis : intimidation, contrôles fiscaux, mauvaises livraisons de poussins pour les éleveurs de volailles, refus de prêts... Les agriculteurs bretons doivent se soumettre ou disparaître.

Sans doute trouverait-on, en chacun d'eux, le secret espoir de devenir un jour l'équivalent d'un Gourvennec.

Petit-fils d'ouvriers agricoles et fils de paysans du Léon, dans le Finistère nord, Alexis Gourvennec découvre tôt, à 20 ans, le mépris que les marchands manifestent envers les producteurs désargentés. Doté d'une intelligence au-dessus de la moyenne et d'un rare charisme, il prend la tête de manifestations de producteurs d'artichauts au début des années 60, et échoue en prison à Morlaix. Sa notoriété prend racine dans ces épreuves.

Son évolution va suivre, ou plutôt précéder, le formidable développement de l'agriculture bretonne. Trente ans plus tard, on le surnomme « le roi du maraîchage breton » : il est à la tête d'un des plus grands élevages de porcs de France, président du Crédit agricole du Finistère, président de la première compagnie maritime française, Brittany Ferries, président du comité français des fruits et légumes !

On peut regretter qu'il n'y ait pas deux ou trois Gourvennec — celui des années 60 — dans chaque commune en Bretagne : nous serions moins méprisés.

Alexis Gourvennec a donné les clefs de sa réussite, dans un livre publié en 1977 : *Gourvennec paysan directeur général.* Il dénonçait déjà, pêle-mêle, un certain nombre d'institutions, dont il estimait que son action les avait ébranlées. Est-ce pour mieux se dédouaner de les utiliser à son profit ? « On m'avait préparé, écrit-il, par habitude, à une vie d'homme soumis. » En va-t-il autrement aujourd'hui ? Quand on réunit de jeunes paysans de 15 ans dans les écoles d'agriculture (qui, à mon avis, sont des fabriques d'esclaves), pour leur bourrer le crâne avec les vertus de la productivité, ne se croirait-on pas revenus au début des années 60 ?

Gourvennec s'en prenait également au syndicalisme : « Le syndicalisme agricole [on est en 1960] se limite en fait aux assemblées générales qui remplissent une demi-salle, le temps d'une vague opération de vote à main levée pour renouveler le bureau, c'est-à-dire reconduire les mêmes. » Croirat-on que la démocratie ait beaucoup progressé dans le monde agricole ? Il y a une dizaine d'années, dans une assemblée de coopérative, alors qu'on nous demandait de voter à main levée pour élire un administrateur, je fis scandale en exigeant que le candidat pressenti (en fait désigné) se présente et se lève. Cela ne s'était jamais fait. Et la moitié des votants auraient pourtant été incapables de dire qui était ce candidat.

En vérité, pour réussir, Alexis Gourvennec a dû mettre sa révolte de côté. « Aujourd'hui, en 1977 [date de parution du livre], le rapport de force étant inversé, producteurs et acheteurs ou négociants travaillent désormais normalement ensemble, dans des conditions commerciales normales. » La situation était-elle alors aussi idyllique ?

Entre le début des années 60 et 1975 il y a eu les quinze « bonnes » années agricoles. Les meilleurs paysans se sont mis au travail et ont abandonné la défense de leur intérêts aux plus mauvais d'entre eux, à ceux qui « avaient le temps » de se déplacer aux réunions des organisations agricoles et, en premier lieu, dans les coopératives. Devant la crédulité et les limites de ces représentants, le personnel administratif de ces coopératives s'est empressé de confisquer le pouvoir. Il n'est pas près de le lâcher.

Depuis, le système a tout donné aux Gourvennec : les primes européennes aux grandes cultures, établies selon le principe d'un montant fixe à l'hectare, privilégient les grandes exploitations. Et tandis qu'un petit producteur de céréales, pour son exploitation d'une dizaine d'hectares, touchera moins de 10 000 francs, Gourvennec, lui, déjà millionnaire, empochera quelques millions de plus. Comme la famille du prince de Monaco qui, comme le révèle *L'Événement du jeudi* du 7 novembre 1996, possède cinq cent vingt-cinq hectares dans l'Aisne et bénéficie donc, elle aussi, de cette manne. Voici revenu le temps des comtes...

Si Gourvennec, désormais partisan de cette agriculture intensive et endettée qui s'impose de plus en plus en Bretagne et dans le reste de la France, est un modèle, on devrait pouvoir deviner sans mal le profil de ses disciples. Hélas, rares sont les princes parmi eux et tout aussi rares les roturiers qui ont pu mettre son enseignement à profit. La politique menée à partir des années 60 a entraîné une réduction massive de la main-d'œuvre agricole. La mécanisation a été rendue obligatoire par manque de bras, et non l'inverse, comme on veut le faire croire aux paysans. C'est l'industrie qui s'est accaparé ces jeunes paysans courageux et dociles !

L'indemnité viagère de départ — qu'on désigne pour aller vite par le doux nom d'IVD — donnée aux anciens trop peu « compétitifs » a accéléré les départs en retraite. Depuis 1991 en effet, l'agriculteur peut prendre une préretraite à 55 ans. Elle est versée par l'État aux chefs d'exploitation âgés de 55 à 60 ans qui cessent leur activité et cèdent leurs terres pour permettre la restructuration des exploitations « pérennes » (c'est-à-dire jugées par les « autorités » assez performantes pour être aidées).

Quant à la retraite elle-même, versée depuis quelques années à 60 ans contre 65 auparavant, elle demeure, hélas, extrêmement basse en ce qui concerne les exploitants. Un paysan touche en moyenne 3 550 francs de retraite par mois, quand la moyenne, toutes professions confondues, est de l'ordre de 8 000 francs.

Du reste, cette retraite misérable ne ruine pas les caisses chargées de la verser, car si, parmi les personnes de plus de 60 ans, l'agriculteur a une durée d'activité de quarante-sept années en moyenne, contre quarante-deux ordinairement, s'il a démarré son activité professionnelle plus jeune, à l'âge moyen de 14 ans (contre 16 ans pour l'ensemble des Français), il est aussi celui qui bénéficie le moins longtemps de cette pension. La durée moyenne de vie d'un agriculteur est de 69 ans, soit six ans de moins que la moyenne française pour les hommes — certains nantis, à la SNCF par exemple, retraités à 55 ans, vivent en moyenne jusqu'à 82 ans. L'avenir du paysan, c'est le secteur public !

Les aînés abandonnant leurs fermes, les jeunes se dirigeant vers l'usine ou la distribution du courrier, la main-d'œuvre agricole a donc été pratiquement divisée par trois en trente ans. Les jeunes n'ont pas tardé à tirer les conclusions de la situation : la ville, une autre vie, c'était la seule solution. C'est l'époque où Jean Ferrat chante *La Montagne*...

Devant la chute continue des installations, les pouvoirs publics décident, en 1973, d'instaurer une dotation jeune agriculteur. Aucune autre profession ne dispose d'une telle « carotte ». Mais, quoique cette faveur s'accompagne de prêts bonifiés, elle ne produit que de minces résultats. C'est dire combien la profession est attractive ! Imagine-t-on une dotation jeune fonctionnaire ?

Cette prime est accordée aux jeunes agriculteurs s'installant dans les régions où le maintien d'un « niveau minimum de peuplement » (le désert fait peur) et d'une « activité agricole suffisante pour entretenir l'espace naturel » n'est pas assuré (zones de montagne), c'est-à-dire la majeure partie de l'Hexagone.

Le « pactole » alloué était de 25 000 francs à mon installation, versé en trois fois, sur trois ans : il faut faire durer le plaisir, au cas où le jeune se découragerait au bout de quelques mois !

Lorsque je me suis installé, en 1977, j'ai dû passer un examen bidon (le brevet agricole), qui sanctionnait... mon absence d'études agricoles. En vérité, il suffisait à peu près de savoir lire, écrire et compter pour s'en tirer brillamment. Muni de la peau d'âne, je touchai mon premier versement de 10 000 francs. Pour percevoir le reste, il me fallait suivre un stage de deux cent quarante heures. J'avais la ferme à remettre en état, la traite des vaches à effectuer : je refusai d'accomplir le stage et préférai restituer les 10 000 francs déjà perçus. Mais on ne rejette pas un cadeau... Le directeur départemental de l'agriculture me convoqua, vexé, et comprit que je risquais d'être un élément difficile à mettre aux normes. C'était mon premier « niet » au système agricole breton.

En 1981, le régime d'octroi des aides (DJA et autres prêts destinés aux jeunes agriculteurs) a été sensiblement modifié, afin d'encourager les installations mieux préparées, par la présentation d'un projet cohérent. Comme les fonctionnaires sont précis, ils ont appelé ça EPI, l'étude prévisionnelle d'installation. Le montant de la DJA est désormais plus incitatif (32 500 à 39 000 francs en zone de plaine, 50 400 francs en zone défavorisée), et le règlement s'effectue en deux versements. Mais on pourrait distribuer des lingots d'or : personne, ou presque, ne se dérangerait. Depuis, on va de réforme en réforme. Et le pactole a grossi. Aujourd'hui, un jeune agriculteur qui s'installe touche de 52 000 à 113 400 francs en zone de plaine, de 67 200 à 146 400 francs en zone défavorisée.

Parallèlement à ces augmentations, on a modifié la limite d'âge pour accéder à l'ensemble des aides. L'âge minimum passe de 18 à 21 ans et est relevé d'un an par enfant à charge pour les mères de famille ayant atteint l'âge maximum de 35 ans. Une meilleure qualification est exigée pour les plus jeunes : les candidats âgés de moins de 25 ans doivent être titulaires d'un diplôme au moins égal au BEPA (brevet d'études professionnelles agricoles, soit BEPC + 2, un diplôme qu'on « donne » à tous les candidats, qui sont trop peu nombreux...).

En 1988, nouvelle réforme. À la condition de superficie minimale se substitue une notion de revenu disponible à atteindre au bout de trois ans. Par ailleurs, on procède à une élévation progressive de la qualification professionnelle au niveau du brevet de technicien agricole, on renforce la procédure de suivi des installations par un examen systématique des résultats obtenus avant d'autoriser le paiement du deuxième versement.

Décidément, le paquet est mis, à la demande du Centre national des jeunes agriculteurs (CNJA, annexe de la FNSEA), pour trouver de nouveaux esclaves du système. Mais si, entre 1981 et 1984, on a assisté à une embellie dans les installations (1 459 jeunes s'installent alors chaque année en Bretagne), ce nombre tombe à 1 203 en 1985, soit une baisse de 18 %. En 1992, on ne trouve plus que 834 jeunes pour tenter l'aventure.

L'agriculture industrialisée ne produit donc plus d'agriculteurs, mais engendre l'exode rural et la désertification. En Bretagne, pour un jeune qui s'installe, ce sont cinq agriculteurs qui prennent leur retraite. De plus, aucune statistique officielle ne tient compte des jeunes qui rebroussent chemin au bout de quelques années, quand ils ont compris sur quelle galère ils s'étaient embarqués !

Le centre-ouest de la Bretagne est l'exemple type

de cette désertification. Il regroupe l'est du Finistère (neuf cantons), le sud-ouest des Côtes-d'Armor (neuf cantons), le nord-ouest du Morbihan (quatre cantons).

Dès le début du siècle et jusqu'aux années 70, on assista à un exode massif vers les États-Unis : à la grande époque, on comptait trois agences d'émigration à Gourin et, aujourd'hui encore, un représentant de l'ambassade des États-Unis visite régulièrement la ville. Chaque famille a un ou plusieurs parents à New York : du côté de ma mère, sur neuf enfants, huit ont émigré ou travaillé aux États-Unis, et, dans mon enfance, l'été, les rues de la ville étaient peuplées de « yankees » qui venaient dépenser au pays les « fortunes » amassées de l'autre côté de l'océan. La population de Bretagne centrale, accoutumée à une vie très rude, n'a eu aucun mal à se faire à une existence nouvelle et à prouver ses qualités dans l'eldorado américain. Certains restaurants réputés de New York appartiennent à des fils de paysans du canton !

Pourtant, la Bretagne centrale dispose de plusieurs atouts, dont un qui aurait pu en faire une région d'élevage extensif : 71 % de la surface agricole utile est consacrée aux fourrages, mais avec beaucoup de maïs. Pas le maïs dit « transgénique » des Américains que nous, paysans, n'avons pas le droit de produire mais seulement d'importer, mais du vrai maïs ! Cette région, traversée de nombreuses rivières, bénéficie aussi de précipitations élevées, propices à l'élevage de bovins à l'herbe. Or, cette région s'est vouée corps et âme au hors sol, dès 1970. Elle comptabilise aujourd'hui 25 % des aviculteurs de Bretagne, ce qui entraîne son classement en zone d'excédent de lisier de volailles.

Il suffit de traverser la région pour se rendre compte des dégâts occasionnés dans la population, notamment agricole, par les choix économiques de l'après-guerre : vieillissement, alcoolisme, suicides — tous les symptômes du mal de vivre d'une population désabusée, dominée. Les dominants, ceux qui possédaient le « pouvoir » et le « savoir », la matière grise, sont partis.

Il faut dire que l'éventail des emplois disponibles y est restreint. L'industrie agro-alimentaire a pourtant d'importants besoins de main-d'œuvre afin de transformer la production de volailles et de porcs. Au début des années 80, quand l'usine Bourgoin est venue s'implanter à Guiscriff (Morbihan), en pleine campagne, elle n'a pas choisi le site pour la beauté du paysage, naguère magnifique, aujourd'hui un peu gâché par des poulaillers et des porcheries construits sans souci d'esthétique. Un collaborateur de M. Bourgoin, qui avait eu l'occasion de faire la moisson avec l'entrepreneur de mon père lors de ses vacances scolaires, était venu enquêter sur « l'humeur » des gens du coin, sur l'état d'esprit de ses futurs employés.

Sans doute recueillit-il de bons renseignements, puisqu'il fut décidé de construire une des plus grandes usines de transformation de volailles d'Europe. Elle emploie aujourd'hui six cents personnes. Pas un syndicat à l'horizon. Lors des petites fêtes données pour le personnel, celui-ci applaudit aux cris de « Vive le roi » (du poulet bien sûr). Ici, habituée depuis toujours à travailler dur, la main-d'œuvre est docile et performante à la fois.

Étienne, 32 ans, est l'un de ces salariés. Fils de paysan, dur à la tâche, il est « au quai » depuis quinze ans, c'est-à-dire qu'il décharge les dindes à l'entrée de la chaîne d'abattage. Il commence sa journée à 4 h 45 et finit à 13 h 30, quand il n'y a pas prolongation. Pendant ses trois premières années, il signa des contrats à durée déterminée de trois mois, régulièrement renouvelés. De ce fait, il ne bénéficiait d'aucun avantage.

Comme, par l'intermédiaire d'un ami directeur de salaison, je lui avais trouvé un autre emploi un peu plus éloigné de son domicile, je lui conseillai d'aller trouver son directeur du personnel chez Bourgoin pour lui signifier que, sans contrat à durée indéterminée, il partait. La manœuvre réussit. Il obtint aussitôt ce nouveau contrat, car la société n'allait pas se passer d'un tel élément. À lui seul, il arrêtait la chaîne. Depuis ses débuts, il est le seul à avoir accepté les conditions de ce travail pénible, pour un salaire net de l'ordre de 6 000 francs. Pendant ce temps, M. Bourgoin, grand ami de Gérard Depardieu, visite Cuba, sous le regard bienveillant d'un autre très cher camarade, Fidel Castro.

En France, on n'a pas de pétrole, mais on a des volailles. Quand on prétend que l'agro-industrie bretonne a créé des emplois, on oublie qu'elle s'est contentée de transférer la population des champs vers les chaînes. Les fils de paysans auraient dû, en majorité, rester à la terre. On trouve des millions de chômeurs en ville. Mais en Bretagne, l'ANPE recherche des ramasseurs de volailles et des salariés de porcheries.

Ainsi, on n'a guère le choix. Soit on devient un employé du « système banque-industrie agro-alimentaire », soit on s'installe comme « chasseur de primes » dans l'extensif ou l'agriculture traditionnelle.

Dans les deux cas, le labeur est épuisant. Une enquête menée dans le Finistère par l'Institut national de la recherche agronomique précise que l'agriculteur finistérien travaille en moyenne trois mille quatre cent cinquante heures par an. À côté, les Japonais sont d'aimables dilettantes. Certains (13 %) dépassent même les trois mille huit cents heures, soit plus de dix heures par jour de l'année : c'est deux fois plus que le temps de travail d'un salarié non agricole à plein temps !

Certes, il y aura toujours du travail — et moins acharné — pour les BTS qui, eux, ne s'installent pas, ou très peu, mais sillonnent les campagnes bretonnes pour vérifier si leurs collègues moins diplômés suivent bien les consignes. Bientôt, ils seront seuls maîtres du terrain. Il ne restera plus qu'à savoir qui s'occupera encore des fermes.

Chapitre 5

La révolution silencieuse

Autrefois, le laboureur palpait la terre de ses mains, de ses pieds. Mon parrain, qui chaussait du 48, ne trouvait pas de souliers à sa pointure : il marchait pieds nus derrière ses chevaux au labour. Aujourd'hui, assis sur son tracteur, le paysan toise la terre, il ne la touche plus. Il n'y a plus entre eux de lien charnel.

La terre est devenue un outil, au même titre que la charrue ou la moissonneuse. Le statut du fermage, dans les années 60, a distendu les relations du propriétaire avec « sa » ferme : il lui a notamment permis de se dégager du poids du foncier en laissant celui-ci au propriétaire. Mais, en dix ans (de 1978 à 1988), il a entraîné une baisse de 50 % du prix des terres. Qui accepterait sans broncher de voir son bien se déprécier ainsi ? Personne n'a réagi, car les partisans du système ont réussi à faire croire aux jeunes paysans que la terre, le sol devenaient secondaires. De 1970 à 1990, l'attribution de prêts pour l'achat du foncier est demeurée à un niveau très bas, tandis que les prêts pour l'équipement et l'installation étaient multipliés par 9.

L'affection du paysan pour sa terre a été remplacée par le souci de sa productivité : on a substitué l'engrais à l'amour. Cette rupture affective a sans doute été une cause importante du départ de nombreux jeunes paysans : plus rien ne les retenait au pays. En même temps, elle a favorisé le remembrement et l'arasement des talus. Autrefois, ces talus, qui rythmaient le paysage, servaient au laboureur pour garder sa bouteille de cidre au frais en bout de champ ! Aujourd'hui, lorsque le paysan moderne a soif, il va, en tracteur, chercher une boisson fraîche dans son réfrigérateur. On appelle ça le progrès.

La dernière « bataille pour la terre » eut lieu le 28 juillet 1962, dans l'Orne, quand des agriculteurs normands refusèrent à Jean Gabin le droit d'acquérir des terres : l'acteur n'était pas des leurs ! Aujourd'hui, tout le monde se moquerait bien de savoir qui achète quoi : la terre n'est plus à ceux qui la travaillent. Elle appartient de fait, comme le reste de l'exploitation, à la banque.

Avant la fameuse « révolution silencieuse » de M. Debatisse, ancien président de la FNSEA, les paysans qui prenaient leur retraite se constituaient un bas de laine pour leurs vieux jours, en vendant ou en louant leurs terres. Depuis, on ne trouve plus d'acheteurs, et seuls les locataires naïfs paient leurs loyers.

On a sauté au cou d'acheteurs hollandais venus faire leurs emplettes en Bretagne. Mais ils n'étaient pas attirés uniquement par le paysage. Calculette en main, ils se sont rendu compte que la terre était devenue beaucoup plus attractive chez nous que dans le plat pays.

De 1959 à 1969, elle se situait largement en tête de tous les placements, avec un rendement annuel de 8,7 %, loin devant les obligations, le livret de l'écureuil, les actions ou les lingots. De 1969 à 1979, la terre a vu son rendement décroître de 2,9 % par an, tout en demeurant le meilleur des placements, lingots exceptés. De 1979 à 1984, le foncier a touché le fond, avec une perte de 7 % par an : la terre est subitement devenue le moins intéressant des placements. On note, depuis, une légère amélioration, mais le rendement est toujours négatif.

Naguère, certains gravaient fièrement sur leurs cartes de visite le titre de « propriétaire ». Depuis les années 60, il est presque inconvenant de se présenter comme « propriétaire foncier ».

Cette évolution a atteint son paroxysme avec la montée des productions hors sol. Dans les années 80, on a vu des élevages de pondeuses, de dindes ou de porcs, dont la surface du sol correspondait exactement à celle du bâtiment ! Pourquoi ne pas les construire directement au cœur des villes, dans des parkings souterrains par exemple ?

L'agriculture « compétitive » a été imposée aux agriculteurs français, et aux plus performants d'entre eux, les Bretons, à partir des années 60, par le choix de la « politique des structures » chère à M. Debatisse et à la FNSEA, et par l'abandon de la politique des prix.

Pour M. Debatisse, jamais un agriculteur, petit ou moyen, ne gagnerait sa vie s'il comptait sur la seule augmentation des prix agricoles. En effet, si l'on augmentait le quintal de blé de 5 francs, par exemple, cela ne permettrait au petit producteur que de changer son vélo et à un Beauceron de changer sa Cadillac ! Ce qu'il fallait augmenter, c'était donc la production. Partant de cette logique contestable, une machine allait se mettre en marche, que rien ne pourrait arrêter — si ce n'est une vache folle.

Ainsi va-t-on peu à peu remplacer les paysans par des machines, accroître les rendements grâce aux engrais chimiques et aux produits de traitement qui supplantent le binage ! Les surfaces naguère nettoyées grâce au binage effectué par plusieurs personnes le sont, en peu de temps, grâce aux herbicides. Le progrès vous dis-je !

Cette obsession de vouloir à tout prix « moderniser » l'agriculture trouvera, hélas, des supporters sur le terrain parmi de jeunes agriculteurs pressés de faire évoluer le monde rural. Ils sont souvent regroupés dans la JAC (Jeunesse agricole catholique), très forte dans le milieu et notamment en Bretagne.

Pour réduire le poids de l'achat des terres, la loi sur le fermage et le métayage est votée en 1945. Il faut aussi bousculer les organisations représentatives traditionnelles (il serait urgent de s'y remettre aujourd'hui !). La création du CNJA y contribue. Nombre d'adhérents du CNJA sont issus de la JAC.

Il faut, à l'époque, faire évoluer rapidement les structures d'exploitation, les agrandir au détriment des petites, des « non viables », pour mieux y appliquer le progrès technique.

Il faut aussi rénover l'enseignement (1960) et enfin mettre à la disposition des nouveaux agriculteurs les capitaux nécessaires à cette nouvelle politique. Car le langage a évolué : on parle d'« unités de production » désormais et non plus de « fermes », vestiges fossilisés d'une époque révolue.

L'appareil du Crédit agricole est en place : les décrets de juillet 1965 lui donnent les moyens d'action indispensables, avec les fameux prêts « bonifiés » (fonciers à long terme, d'équipement et d'installation à moyen terme).

L'objectif ? Assurer la parité des revenus des agriculteurs avec ceux des autres catégories socioprofessionnelles. Louable ambition. De 1960 à 1973, les résultats sont prometteurs. Mais les adeptes de la nouvelle politique agricole se bercent d'illusions lorsqu'ils imaginent pouvoir non seulement rattraper le temps perdu, mais l'arrêter : une exploitation agricole n'est jamais modernisée une fois pour toutes. De plus, la baisse continuelle des prix à la production, à la suite du choc pétrolier de 1973, implique des structures d'exploitation toujours plus grandes.

En attendant, toute une génération de jeunes agriculteurs, animés par la même foi, et souvent, malheureusement, par une grande crédulité, travaille dur pour moderniser la ferme familiale.

Cette « révolution silencieuse » s'est accomplie en moins d'une quinzaine d'années, de 1960 à 1973. C'est alors que l'agriculture bretonne est devenue ultra-compétitive. En France, les prix agricoles ont baissé de 37 % en francs constants depuis 1980. Par leurs exportations, l'agriculture et l'industrie agro-alimentaire rapportent de 50 à 60 milliards de francs d'excédents à la balance commerciale française. Le système « compétitif » a du bon pour le pays, mais pas toujours pour les paysans.

Combien de réunions, de visites de champs d'essais, de colloques sur l'avenir de l'agriculture bretonne ? Pendant toutes ces années, il fallait évangéliser ces populations retardées — nous les paysans ! Ils devaient évoluer vers une agriculture rentable, aller vers la quantité tout en réduisant le nombre de bras dans les fermes. La masse des paysans bretons a marché en rangs serrés, par orgueil, comme à Verdun, où ils étaient les meilleurs soldats de France.

Ils n'ont pas été les derniers, il est vrai, à militer en faveur de cette folie. En 1987, M. Haquin, président de l'Association nationale des producteurs de légumes de conserve (ANPLC), agriculteur luimême, écrivait dans le *Bulletin de l'Unilait* : « Depuis de nombreuses années, les producteurs de légumes à destination industrielle ont voulu et su jouer la carte de la qualité et de la sécurité d'approvisionnement, nécessaires à l'industrie de transformation et cela, dans le cadre d'une véritable politique interprofessionnelle de filière. Pour garder notre place dans un environnement difficile, nous devons assurer au mieux notre compétitivité à travers les gains de productivité nécessaires à l'obtention de résultats financiers aptes à assurer la rentabilité de nos exploitations. »

Ce que M. Haquin traduit ici, ce n'est pas la volonté des producteurs, mais celle des industriels de la transformation des légumes : prix compétitifs (c'est-à-dire les plus bas possible) et sécurité des approvisionnements pour l'industriel (écartons les producteurs qui « bricolent », qui n'acceptent pas de se soumettre d'une façon radicale aux contraintes de la transformation).

Un autre administrateur de l'ANPLC ajoute : « De nos jours, aux problèmes de rentabilité doit correspondre une conduite plus rationnelle de la culture. À la notion de production s'est substituée celle de la productivité et la spécialisation se révèle indispensable, elle permet seule de faire la différence. » Cela signifie que les éleveurs de bovins, par exemple, ne doivent pas produire de haricots, car ils ne sont pas « spécialisés » en légumes. Vive la diversification et les poings liés !

Il est question de qualité : dans cette optique, le petit producteur n'est pas le moins bien placé. Ceux qui ont moins de dix hectares pour produire par exemple des haricots, ceux qui ne sont pas spécialisés, disposent d'autres atouts pour être « performants » : de vieilles pâtures et du fumier de bovins permettent un maintien de l'humidité dans le sol, bénéfique aux haricots. De plus, un « petit » producteur suit beaucoup mieux sa culture. La preuve en est que notre région, où les surfaces sont les plus petites de toute la coopérative, obtient les meilleurs résultats. Mais qui a entendu ces arguments ? En 1993, la production de haricots a subi une baisse des prix de 25 % : quelle profession accepterait une telle chute de ses revenus ?

Pour ne pas se ruiner, l'agriculteur produit donc de plus en plus. C'est insuffisant : le retard des revenus du paysan persiste inexorablement. Le consommateur, lui, bénéficie d'une stabilité sans précédent du prix des produits alimentaires, et il peut difficilement se rendre compte de la baisse des prix agricoles. En effet, le prix des produits alimentaires n'a guère bougé depuis trente ans. La filière agro-alimentaire s'est diversifiée et les produits agricoles ne contribuent désormais qu'au quart du prix des produits qu'elle transforme et commercialise. Pour une base 100 en 1960, le prix des produits alimentaires à la consommation est à 102 en 1995, tandis que le prix des produits agricoles à la production est descendu à 55 ! Question indiscrète : où est passé l'argent ?

Tout cela s'est fait au prix d'efforts inhumains : car l'agriculteur français travaille trois fois plus aujourd'hui qu'en 1970, mais il gagne beaucoup moins. Le fruit du travail de l'agriculteur français, et plus spécialement breton, est spolié au profit des intermédiaires et des consommateurs.

C'est ainsi que M. J. de Boissard, président d'une grande entreprise et diplômé de Harvard, écrit en octobre 1989 dans *Ouest-France* : « L'agriculture est un beau métier mais on y travaille dur et on en vit mal. » On pourrait corriger : « On vit mal de l'agriculture, mais bien des agriculteurs. » M. de Boissard ajoute : « On a enfermé l'agriculture dans un système où elle cultive le contribuable autant que la terre. Or il existe une loi d'airain selon laquelle toute activité qui vit aux frais du contribuable est condamnée à la misère. »

Il est évident que le consommateur qui a fait le choix de ne plus dépenser que 16 % du revenu du ménage pour sa nourriture au lieu de 40 ou 50 % après la guerre devra payer des impôts pour garantir un semblant de revenus à celui qui le nourrit. Pour M. de Boissard, « ce système d'aides et de subventions est pervers et injuste. Les subventions sont accordées à la production, aussi bénéficient-elles aux gros producteurs. Le fait que ces agriculteurs importants tiennent les commandes des organisations professionnelles en explique le maintien ».

M. de Boissard soulève là une question capitale : ce sont bien, en Bretagne, la FNSEA, les coopératives agricoles, les partisans de l'agriculture intensive qui tiennent les commandes.

M. de Boissard poursuit : « Les aides servent en partie à couvrir les charges de production, en particulier l'amortissement des tracteurs. Or, 43 % des tracteurs sont importés des États-Unis. » Il a ainsi calculé que, dans les aides accordées à la production céréalière, pour chaque hectare de blé, 19 francs de royalties vont aux fabricants de tracteurs nord-américains. De même, « on peut dire que l'agriculture intensive bretonne, grosse importatrice d'aliments pour ses animaux, fait marcher l'industrie américaine ».

« La seule solution, conclut M. de Boissard, est de quitter ce système de subventions. Pour cela, on doit garantir à chaque agriculteur des moyens de vie décents et laisser la production agricole s'adapter au marché : il faut donc décrocher les aides de la production et les donner directement aux agriculteurs. »

La réforme de la Politique agricole commune (PAC) s'engage sur cette voie, mais avec quelle timidité, et quelles arrière-pensées ! Il faudra que les mesures prises à Bruxelles soient plus ambitieuses car la saignée continue dans le monde agricole : chaque jour, on compte vingt-quatre exploitations en moins dans l'Ouest.

M. Michel Bourdon est professeur d'économie à l'école d'agronomie de Rennes et chercheur à l'INRA. Il sait de quoi il parle. Que dit-il au fait ? Que se déroule un véritable processus de spoliation : « Le paysan d'aujourd'hui est obligé de faire toujours plus, non pas pour améliorer sa situation financière, mais simplement pour que celle-ci ne se détériore pas (*Ouest-France*, octobre 1991). »

Aujourd'hui, le malaise agricole s'aggrave de surcroît sous l'effet de deux éléments nouveaux.

D'une part, la mondialisation des échanges a pour conséquence de rendre vaines les traditionnelles manifestations devant les préfectures. Que peuvent quelques bottes de paille renversées, quelques pneus de tracteur brûlés contre des décisions prises au niveau des multinationales de l'agro-alimentaire ? J'ai participé à ces manifestations, à l'époque où j'étais adhérent de la FNSEA. Je n'y voyais jamais les producteurs ultra-intensifs. Ces messieurs, très occupés, n'avaient pas de temps à perdre !

D'autre part, les agriculteurs ont perdu leur poids social. Il y a aujourd'hui cinq fois plus de chômeurs que de paysans, et ceux-là sont autrement plus dangereux que quelques paysans pour la société et le monde politique.

Certains hommes politiques, certains économistes affirment que l'agriculture coûte cher, trop cher à l'État, et donc au contribuable. En fait, elle coûte entre 13 et 14 % du budget de la nation, ce qui est en effet beaucoup. Mais il faut assortir cette constatation de plusieurs remarques : les sommes directement versées aux agriculteurs par le Budget sont relativement légères (bonifications des subventions, investissements...). Une partie de l'aide passe par le budget européen, pour soutenir les marchés, et un gros paquet, la moitié des sommes environ, sert à payer les retraites des anciens agriculteurs.

Les dépenses sociales devraient donc être comptabilisées à part, puisqu'elles sont destinées à compenser les inégalités économiques. Ainsi, on ne peut faire le procès du coût de l'agriculture sans instruire celui des entreprises publiques, qui n'ont pas de rentabilité intrinsèque, celui des retraités des Charbonnages, des militaires de carrière, ou des cheminots.

D'un autre côté, il faut voir ce que rapporte l'agriculture. Et, de ce point de vue, on peut dire qu'elle renvoie largement l'ascenseur. L'agriculteur, et notamment l'agriculteur breton, a réalisé d'extraordinaires efforts de productivité. Mais ces gains ont été confisqués par le tissu économique, qui paie ses produits au-dessous de leur valeur. Par ses effets désinflationnistes, cette confiscation de la plus-value au profit des industriels, négociants et consommateurs sert les intérêts des gouvernements. Qui aura le courage de la remettre en cause et de rendre enfin justice aux paysans ?

L'Europe, on l'a vu, ne s'est pas désintéressée du productivisme. Et, de ce point de vue, le traité de Rome, instituant le marché commun agricole, a largement atteint son but. Son article 39 fixait un certain nombre de règles qui allaient ouvrir la voie à la croissance folle.

Il préconisait un emploi optimum de la main-d'œuvre, entendait stabiliser les marchés, assurer des prix raisonnables pour les consommateurs, un niveau de vie équitable à la population agricole. Seul ce dernier objectif n'a pas été atteint en France. Pour y parvenir, la Communauté européenne avait le choix entre deux politiques : soit elle s'isolait du marché mondial et, à l'intérieur des frontières communautaires, maintenait les prix à un niveau acceptable pour les producteurs, en intervenant sur les marchés ; soit elle ouvrait les frontières communautaires aux pays extérieurs et laissait les prix se fixer selon les lois du marché, ce qui nécessitait alors de garantir le revenu des agriculteurs en leur versant, en contrepartie, des aides directes. En choisissant la seconde solution, celle d'une agriculture « ouverte » sur l'extérieur, la Communauté européenne encourageait le système intensif.

Cette politique a créé beaucoup de désagréments, entraînant notamment la disparition des agriculteurs « non compétitifs ». Aussi a-t-il fallu songer à la réformer. Progressivement, la CEE a pris une série de mesures qui tendaient à limiter la production et les dépenses agricoles. En 1983, la Commission publie un « livre vert » sur le financement de la Communauté et propose une réforme de la PAC. L'année suivante, on met en place des quotas laitiers. Et puis on décide que les dépenses agricoles devront désormais augmenter moins vite que les ressources propres de la Communauté. En 1986, on instaure une taxe — on lui donne le joli nom de taxe de « coresponsabilité » — pour les céréales. En 1988, le Conseil des ministres européens a adopté un règlement sur le retrait des terres, l'extensification, la reconversion de la production et la cessation d'activité.

Mais c'est le 24 mai 1992 qu'a eu lieu la grande réforme de la PAC. Ce jour-là, des pans entiers du secteur agricole basculent dans l'assistanat. La technicité et le volume de production deviennent accessoires : la chasse aux primes est ouverte !

Il s'agit de limiter volontairement la production, mais les résultats se font encore attendre. Un régime d'aide directe à l'agriculteur est instauré pour gommer la baisse de revenu provenant de la commercialisation. Ce système aurait pu mettre un frein au système intensif concernant les céréales, par exemple, mais on s'aperçoit aujourd'hui qu'on va manquer de céréales sur le plan mondial, et l'on parle de la suppression des jachères céréalières. La PAC ne parvient manifestement toujours pas à adapter la demande de céréales à l'offre.

En ce qui concerne la production de maïs, 2 000 francs d'aide sont accordés pour un hectare de maïs, mais 300 francs seulement pour un hectare d'herbe. Il va de soi que les résultats sont l'inverse de ceux qu'escomptaient les décideurs européens. Bruxelles encourage le système intensif en production de lait et de bovin, au détriment de l'élevage extensif, à l'herbe. Aujourd'hui, grâce à cette subvention de 2 000 francs, le maïs couvre 23 % de la surface agricole bretonne. Pour encourager l'extensif, il aurait fallu octroyer la même aide à l'herbe. Mais le maïs flatte l'orgueil : un beau champ de maïs se voit de loin, pas une parcelle d'herbe. Et puis il possède d'autres vertus. Avec un hectare de maïs, on peut produire quatre à cinq bovins à l'hectare, à l'année. Avec de l'herbe, en extensif, on n'élève qu'un bovin et demi à l'hectare. De plus, le maïs ne suffit pas pour nourrir un bovin. Le « complément nutritionnel » vient d'achats extérieurs à l'exploitation. Voilà comment Bruxelles entretient le système intensif breton, avec ses usines d'aliments, sa logistique, ses services commerciaux.

De plus, avec le maïs associé à des tourteaux de soja importés, il est possible d'« accélérer » la « fabrication » d'un bovin. Le taurillon ainsi nourri est bon à tuer à dix-huit mois, tandis qu'une génisse ou un bœuf (mâle castré) élevés à l'herbe doivent attendre trois ans... Dans ce dernier cas, la rotation du capital est plus lente que dans le système intensif.

Le maïs a été introduit en Bretagne dans les années 60 et n'a fait que progresser depuis. Il a apporté la sécurité à l'éleveur (stock d'aliments facile à gérer et rassurant pendant la période difficile de l'hiver). Auparavant, les animaux étaient nourris essentiellement avec de l'herbe, des betteraves et de la farine de céréales produits sur la ferme.

Dernier avantage : le maïs « absorbe » des quantités énormes de fumier et de lisier. L'herbe en est moins gourmande.

Pour les bovins, la réforme de la PAC prévoit une baisse de 5 % du prix d'intervention en 1993, 1994 et 1995, compensée par un relèvement des primes. En tant qu'éleveur de bovins, je peux affirmer que ces chiffres ont été respectés. Une génisse qui se vendait 25-26 francs le kilo en 1990 se vend aujourd'hui 22-23 francs. Cela représente une perte d'environ 1 200 francs par bête. En outre, une génisse de race à viande, nourrie à l'herbe, ne bénéficie pas d'aides compensatoires, comme pour les mâles nourris au maïs : n'est-ce pas là un encouragement de plus à l'intensif ?

Des quotas de droits à prime ont été instaurés pour les vaches allaitantes, et on a vu, en 1992, avant la mise en place de la réforme de la PAC, la course à l'achat de vaches pour parvenir à un quota significatif. Contrairement à ce que souhaitaient les eurocrates de tout poil, cela a entraîné une production excessive de viande bovine.

Enfin la réforme n'a pas touché à la fameuse production intensive, en hors sol (porcs et volailles essentiellement), qui n'a cessé de se développer. Ainsi, la politique des structures a su trouver d'innombrables alliés, en France et en Europe. Elle a brillamment atteint tous ses objectifs : la « révolution silencieuse » a bien imposé le silence dans les campagnes.

Chapitre 6

Endettement, quand tu nous tiens !

Depuis des années, labourage et pâturage ne sont plus les deux mamelles de la France. Ils ont été remplacés par le Crédit agricole et la FNSEA. Mais le lait qu'ils donnent est amer. Juges et parties d'un système qui ne peut plus se passer d'eux, ils ont tout fait pour le maintenir en vie, notamment à l'intérieur des coopératives, qui sont leur bras séculier.

En 1987, un rapport de la Cour des comptes critiquait les aides que l'État accordait par le biais du Crédit agricole, « aides qui excluent les exploitations de poly-activités dont le maintien est indispensable dans certaines zones du territoire, qui ne favorisent pas l'installation progressive alors que les coûts et la longueur du processus d'installation sont très variables mais qui renforcent la constitution d'exploitations intensives dans les filières de productions excédentaires ».

Le Crédit agricole est la clé de voûte de ce système. Cette banque, que l'on dit « verte », comme l'herbe — ou comme le dollar... —, et qui est plutôt « grise », de la couleur du hors sol, est devenue, dans les années 80, la première banque du monde, avant les banques américaines, allemandes, suisses ou japonaises. Son développement va de pair avec celui de l'endettement des agriculteurs.

Grâce à la loi d'orientation agricole des années 60, elle a bénéficié du monopole des prêts à l'agriculture. Ces prêts, destinés à encourager les agriculteurs à ne pas quitter la terre, ont eu le succès que l'on sait. Ils sont proposés à des taux inférieurs à ceux du marché, grâce à un important apport financier de l'État : d'où l'expression de prêts « bonifiés ». Ainsi, le monde agricole et plus particulièrement les jeunes agriculteurs qui s'installent peuvent obtenir des taux de 3 ou 4 %, quand les taux normaux sont de 9 ou 10 %. Ce monopole du Crédit agricole a été aboli par Bruxelles, en 1990, car il constituait une distorsion de la concurrence entre les banques, contraire au traité de Rome. Il a fallu trente ans pour s'apercevoir de cette anomalie ! Aujourd'hui, les agriculteurs peuvent obtenir des prêts, toujours bonifiés, dans d'autres banques. Mais le Crédit agricole, implanté dans toutes les petites communes de France, a pris de l'avance.

Il est présent à chaque instant de la vie du paysan, se rappelle à son bon souvenir par mille intentions : des guichets luxueux aux calendriers, des brochures aux casquettes publicitaires. Il est le sponsor de la vie rurale, un parrain qui appose son nom sur la moindre manifestation.

Jadis, c'étaient les fameux comices agricoles. Je me souviens de l'époque où mon père était président du comice de son canton. Chaque année, les agriculteurs venaient avec leurs meilleurs animaux.

C'était l'occasion d'une grande fête, couronnée par un banquet où se réunissaient tous les notables. Le curé, la maréchaussée, le sous-préfet, le député, le conseil municipal, tous étaient invités, gratuitement, tandis que les paysans qui avaient présenté des bêtes et obtenu des prix dérisoires devaient payer leur repas ! On prononçait des discours, on distribuait des médailles. Le directeur du Crédit agricole du canton était omniprésent, comme s'il était le maître de maison : le comice était placé sous l'égide de sa banque.

Quand ces réjouissances eurent vécu — il devenait de plus en plus difficile d'exhiber à un concours des bêtes qui ne connaissaient pas le goût de l'herbe —, on trouva d'autres occasions de se rassembler. Pour tenter d'enrayer les départs vers la ville, le CNJA eut l'idée de réunir les jeunes agriculteurs le week-end. Ce furent d'abord les fameux concours de labour. Chaque commune, ou plutôt chaque section locale du CNJA, sélectionne ses meilleurs éléments qui, après avoir trimé toute la semaine, s'affrontent le dimanche en remontant sur leur tracteur et en tirant leur charrue. Les jeunes de la ville, eux, font du bateau, se promènent en forêt, vont au cinéma. Ils ne retournent pas au bureau faire un concours de dactylo ou de comptabilité... Mais ils n'ont pas le plaisir, le lendemain, de voir leur photo dans *Le Paysan breton*, sous la banderole du Crédit agricole. C'est ainsi que la banque est devenue la première maison de redressement de Bretagne.

De 1960 à 1989, le montant des emprunts accordés aux agriculteurs a été multiplié par 22, passant de 10 à 226 milliards de francs, alors que, dans le même temps, la valeur de la production agricole n'a été multipliée que par 10, passant de 30 à 320 milliards de francs par an. La banque « verte » assume 70 % de cet endettement.

La grande trouvaille du système français a été d'endetter les agriculteurs : le paysan endetté travaille, produit et courbe l'échine en silence. Le remboursement des investissements représente désormais 30 % du revenu de l'agriculteur, contre 15 % il y a vingt-cinq ans.

Parmi les agriculteurs les plus endettés figurent, bien sûr, ceux qui sont spécialisés dans la production de porcs, de volailles et de bovins en hors sol. Les moins endettés sont les « retardés », ceux qui frôlent le système sans y entrer, les producteurs traditionnels.

Pour un élevage intensif de trois cents truies — chiffre qui n'est pas rare en Bretagne —, le capital d'exploitation avoisine les 5 millions de francs. L'endettement se monte, en moyenne, à 4 millions. Pour rembourser un tel montant, l'éleveur n'a pas le choix, il doit être « compétitif ». Ainsi ce producteur devient-il le vassal du Crédit agricole et de son groupement de producteurs, car la banque ne prête pas sans la garantie de celui-ci.

C'est vrai pour toutes les productions hors sol. Pour la construction d'un poulailler de douze cents mètres carrés, le coût sera d'un million de francs environ. Pendant une dizaine d'années, le volailler versera des annuités à la banque pour rembourser son prêt. Il sera parfaitement intégré à l'industriel qui, pendant toute cette période, aura la liberté de baisser les prix à la production sans que le producteur puisse s'en offusquer. Comme l'industriel baissera toujours le prix à la production, il ne restera plus au volailler qu'à retourner au Crédit agricole pour construire un second poulailler, et ainsi de suite...

Il en est de même dans la production laitière. Le prix d'une étable moderne est de l'ordre de 15 à 20 000 francs par vache. Il n'est pas rare, en Bretagne, que des étables coûtent de 1,5 à 2 millions de francs. Si la banque rechigne à prêter de telles sommes (car elle sait que le prix du lait va baisser), l'industriel la remplace par des prêts à taux zéro. Elle se remboursera sur les prix qu'elle fixe...

Cependant, le phénomène qu'on n'a pas expliqué (mais faut-il le faire ?) aux jeunes fréquentant les écoles d'agriculture, c'est que l'agriculteur lourdement endetté ne bénéficie plus, comme son père avant 1975, d'un taux d'inflation à deux chiffres.

On s'en est aperçu avec l'apparition des premiers « cas difficiles ». Cette expression a commencé à circuler dans les campagnes au début des années 80. Il n'est pas simple de caractériser ces agriculteurs en difficulté. Certains se trouvent dans une situation délicate parce que le chef d'exploitation est tombé malade ou a eu un accident (ce qui est strictement interdit quand on est paysan !) ou que son troupeau a été victime d'une épidémie, ou encore parce qu'il est incompétent. Mais les agriculteurs de moins de 40 ans, qui doivent affronter un endettement deux fois plus élevé que celui de leurs aînés âgés de 55 ans ou plus, représentent une proportion importante de ces situations difficiles.

À la fin de 1988, plus de quarante-cinq mille agriculteurs étaient insolvables en France, le montant de leurs charges financières étant supérieur à leur excédent brut d'exploitation. Le Crédit agricole estime, quant à lui, à quarante mille le nombre de ses clients (on devrait dire « adhérents ») agriculteurs en retard dans le règlement de leurs échéances. Le capital restant dû par ces emprunteurs s'élève à plus de 13 milliards de francs et les retards à plus de 5 milliards.

Il faut naturellement replacer ce phénomène dans son contexte. 1974 constitue une date charnière à partir de laquelle la rentabilité de la plupart des exploitations commence à baisser, quelles que soient leur taille et leur orientation technico-économique.

Mais le Crédit agricole ne se contente plus d'endetter les agriculteurs. Il les surveille. Il est représenté dans les conseils d'administration des coopératives bretonnes : le système fonctionne en symbiose. Celui qui ne se plie pas aux règles de la coopérative risque d'avoir bientôt des difficultés avec sa banque. C'est ce que n'accepta pas Jean-Jacques, installé en 1978, producteur de lait et de porcs. Au moment de la chute du prix du porc en 1985-86, ses impayés à la coopérative atteignirent près de 500 000 francs. Il faut dire que, dès le départ, Jean-Jacques n'était pas dans la norme : il était titulaire d'un bac + 3, situation impardonnable dans ce milieu. Comme il se rebiffait dans les réunions, le système a attendu le moment opportun pour l'abattre. Ses difficultés en fournirent l'occasion. À la demande de la coopérative, le Crédit agricole fit la sourde oreille à ses requêtes. Des agios de l'ordre de 1,8 % par mois entraînèrent, en sept ans, le remboursement supplémentaire de 900 000 francs. Ses 500 000 francs étaient devenus 1 400 000 francs... En 1992, il abandonna la partie : aujourd'hui, il travaille pour un service communal et rembourse toujours la coopérative.

En vérité, ce qui peut arriver de mieux à un agriculteur dans ses rapports avec le Crédit agricole, c'est encore d'en être administrateur. C'est, en tout cas, le rêve de bon nombre de paysans bretons. Cela permet en effet de caser ses enfants, qui peuvent ainsi échapper au travail de la ferme, et cela facilite l'obtention de prêts. Mais, pour cela, il faut être « syndicalement correct ». On bénéficie également de voyages, tous frais payés. L'année dernière, une cinquantaine d'administrateurs du Morbihan, accompagnés de leurs épouses, se sont rendus pour dix jours en Guadeloupe. C'était, bien sûr, un voyage d'étude, pour voir, sans doute, dans quelles conditions on pourrait acclimater la canne à sucre en Bretagne. Les clients du Crédit agricole attendent toujours de lire leur rapport...

Il va de soi qu'un agriculteur indépendant, ou mal syndiqué, est inexorablement écarté de ces réjouissances. Mais celui qui a mis le doigt dans l'engrenage ne peut le retirer jusqu'à sa mort. Les démissionnaires ayant tendance à faire du scandale, on préfère les garder éternellement dans les conseils d'administration. Ici aussi, la loi du silence aide le système à se maintenir.

Prêts, remboursements, agios : pour expédier toute la paperasse, le nouveau paysan manie de plus en plus le stylo et l'ordinateur... Ou, plutôt, il paie des gens pour réaliser ce travail à sa place. Formés, dans les écoles d'agriculture, à un travail plus manuel qu'intellectuel, les agriculteurs se trouvent démunis devant des formalités de plus en plus complexes. Aussi doivent-ils recourir à du personnel extérieur : les comptables. Les agriculteurs « dans les normes », adeptes de l'agriculture compétitive, sont pour la plupart adhérents au Centre de l'économie rurale, émanation du syndicat majoritaire, la FNSEA. Les CER viennent de fêter leur quarantième anniversaire. Ils se vantent d'être « les artisans de la modernisation agricole » : la TVA en agriculture en 1968, les formes sociétaires, le bénéfice réel en 1972, l'informatique...

Forts de trois cent trente mille adhérents et de huit mille salariés, ils se sentent à l'étroit dans leurs habits traditionnels et, devant la baisse du nombre d'agriculteurs, veulent étendre leur activité à l'ensemble du monde rural ainsi qu'aux commerçants et artisans.

Ces « prestations » ont un coût sans cesse croissant. Bien souvent, un agriculteur hésite à faire jouer la concurrence entre les centres de comptabilité. Pourtant, ceux-ci se livrent à une lutte acharnée dont devraient profiter les clients.

Personnellement, je préfère gérer moi-même mon département « paperasserie ». Dans la production bovine, le temps consacré à ces activités est aussi important que celui passé dans les champs. Je veux demeurer maître de mon exploitation. Je me souviens encore de mon comptable qui me conseillait, lorsque je me suis installé, d'emprunter plus.

Je m'aperçois aujourd'hui que ce sont ceux qui n'ont pas su lui dire non qui pâtissent le plus de la situation. Celui-ci, en effet, à intérêt à ce que son client investisse et s'endette, pour arrondir son propre chiffre d'affaires ! Ainsi, vis-à-vis des banquiers, comptables et autres financiers, l'agriculteur se trouve de plus en plus dans la situation du berger qui paierait le loup pour qu'il vienne lui dévorer son troupeau...

Chapitre 7

Le syndicat-ministère

Face aux loups qui le guettent, le paysan est censé bénéficier de la protection de puissants et bienveillants alliés, les syndicats, et, surtout, du plus glorieux d'entre eux : la Fédération nationale des syndicats d'exploitants agricoles, la FNSEA.

On la critique beaucoup depuis quelque temps.

Mais tout le monde n'a pas à s'en plaindre. Le vénérable syndicat a par exemple fort bien servi quelques-uns de ses membres : deux de ses présidents, MM. Debatisse et Guillaume, sont devenus ministres, l'un du Commerce extérieur, l'autre de l'Agriculture. Imagine-t-on le secrétaire général de la CGT nommé ministre du Travail ? Sans l'aval de ce contre-pouvoir rien ne se fait, rien ne se décide.

À la fondation de la FNSEA, en 1946, le monde agricole a pris le masque d'une unité factice. Tous les paysans, petits ou gros, normands ou corses, céréaliers de Beauce ou porchers de Bretagne, maraîchers de Touraine ou bergers des Landes, avaient brusquement les mêmes intérêts et les mêmes objectifs. En proclamant, par la voix de son premier président, Eugène Forget, l'agriculture

« une et indivisible », la fédération créa une corporation basée sur un dogme.

Chacun trouva un avantage à ne pas s'écarter de ce mythe. En tenant à tous le même langage, les gouvernements successifs de la IVe et de la Ve République ont entraîné la FNSEA vers une véritable cogestion du milieu agricole. Codécideur, elle est ainsi devenue coresponsable de la crise actuelle.

Une fois les décisions prises officiellement, rue de Varenne, au ministère, la distribution des rôles était sans surprise : la FNSEA et ses chefs faisaient appliquer, l'État payait, chacun restait à sa place.

En 1947, l'apparition du CNJA n'allait pas remettre en cause cette unité factice. Les jeunes dirigeants du CNJA virent bientôt les avantages personnels qu'ils pourraient tirer de la situation, et prirent le sillon tracé par leur aînés de la FNSEA. À partir des années 70, la fameuse conférence annuelle concrétisa le « copilotage » de la politique agricole entre le gouvernement et la FNSEA-CNJA.

Les autres syndicats, largement minoritaires, car ne bénéficiant pas des subventions de l'État, ont toujours été tenus à l'écart de ces conférences annuelles. Faute de moyens, certains n'ont même pas pu déposer de listes dans plusieurs départements aux dernières élections des chambres d'agriculture. Malgré cela, la Coordination rurale, jeune et bouillant syndicat partisan d'une agriculture à visage humain, peut se flatter d'un score de 22 % dans les départements où elle a pu se présenter. Toutefois, aux yeux des paysans de base, l'ostracisme dont sont frappés les petits syndicats renforce le poids du syndicat majoritaire. À chaque conférence annuelle, celui-ci arrache au gouvernement quelques subsides permettant de panser les plaies ouvertes par l'accélération de l'exode rural préconisé par son président des années 60, M. Debatisse, et le tour est joué.

La FNSEA-CNJA et les chambres d'agriculture, chasses gardées de ce syndicat, ont croqué tous les fruits de cette politique. Mais c'est le monde paysan dans son ensemble qui en a payé le prix, renonçant à la diversité qui faisait sa richesse.

Cette unité autoritaire, imperméable à la critique et insidieusement encouragée par les pouvoirs publics successifs, permettait à la « profession » (comme ils disent) de parler d'une seule voix. Les « professionnels de la profession », véritables gardes-chiourme, selon l'ancien président de l'INRA, Jacques Poly, ont mis de l'ordre dans les rangs, tordu le cou aux brebis galeuses qui ne bêlaient pas dans le concert majoritaire. La « carotte » publique, la masse des aumônes distribuées aux paysans, justifiait bien qu'on donnât quelques coups de bâton aux récalcitrants.

L'unité s'est réalisée au prix d'un contrôle permanent et d'un mensonge perpétuel : faire croire aux petits paysans de base que la FNSEA les défendait, alors que la politique des structures mise en place allait causer leur perte. Ce tour de passe-passe relève du grand art.

Même un sociologue aussi pondéré qu'Henri Mendras, grand spécialiste des campagnes, accuse la FNSEA : « À l'origine, les syndicats agricoles ont été des modèles d'inventivité et de courage. Depuis 1970, ce sont des criminels. Dans un bon système, leurs dirigeants auraient dû être pendus haut et court. Le premier obstacle au développement de l'agriculture, c'est la FNSEA. Elle est le chef-d'œuvre du groupe de pression qui joue contre les intérêts de la majorité des agriculteurs. »

Le mot d'ordre, depuis trente ans, a été le productivisme pour tous. « Je ne veux voir qu'une seule tête ! » L'exploitation serait spécialisée, intensive et mécanisée. Pas de place pour les « bricoleurs », les « marginaux », ceux qui voulaient exploiter autrement. On avait construit, au cœur des campagnes françaises, un mur de Berlin syndical, derrière lequel de petits despotes rançonnaient un peuple de paysans humiliés, endettés, désespérés, tandis que les dissidents étaient peu à peu privés de leurs droits.

Pendant quelques années, j'ai été un adhérent (critique) de la FDSEA du Morbihan. Je me suis déplacé trois ou quatre fois pour participer à des manifestations (à Lorient, à Pontivy, à Paris...), auxquelles je n'ai jamais vu les exploitants « productivistes » de la région. Ils ne voulaient sans doute pas se mélanger avec les futurs « cas difficiles » qu'ils s'apprêtaient à croquer. Les subsides accordés par le gouvernement, sous forme d'aides ou de hausses des prix, bénéficiaient à l'agriculture triomphante, celle qui n'avait pas le temps de manifester ! Mais la « profession » n'a pas seulement resserré les rangs autour du modèle dominant. La cogestion bien comprise l'a encore invitée à tout contrôler, les hommes, les terres et les idées. Tout ce qui n'était pas pensé par elle, représenté par elle, n'était rien.

Pour parler d'une seule voix, et incarner le messianisme paysan, la FNSEA s'était arrogé, avec le CNJA, un monopole syndical reconnu par les pouvoirs publics, garanti par le contrôle des hommes et la censure des idées qui s'exerçaient à tous les étages de la citadelle professionnelle. La vulgarisation des connaissances et des techniques dispensées à la base par les conseillers agricoles s'est transformée en sermon productiviste. Et là, plus qu'ailleurs, les conseillers n'ont pas été les payeurs. Combien de jeunes agriculteurs se sont lancés dans des productions sans avenir, sur le conseil de « techniciens » sortant de l'école d'agriculture... mais recrutés par le système. À la première difficulté, ces beaux parleurs se sont évanouis dans la nature.

Malgré tout, les agriculteurs demeurent champions toutes catégories du taux de syndicalisation. Mais, en Bretagne notamment, ils vont au syndicat comme ils allaient jadis à la messe : pour être bien vus. Il est dangereux de ne pas être à la FNSEA, ou du moins il ne faut pas s'en déclarer l'ennemi !

Pourtant, selon une étude de l'institut de sondage BVA, il apparaît que la confiance dans le syndicalisme majoritaire s'érode. À la question : « Quel est l'organisme qui défend le mieux les intérêts des agriculteurs ? » le syndicalisme a vu son score passer de 37 % à 28 %. Les élections aux chambres d'agriculture montrent aussi une certaine désaffection. Chez les chefs d'exploitation, le taux de participation est passé de 68,35 % en 1983 à 57,70 % en 1995, accompagné d'une perte d'audience pour la coalition FNSEA-CNJA et d'une montée en puissance des syndicats minoritaires. Le syndicalisme agricole cultive, semble-t-il, ce paradoxe. Certes, les organisations syndicales disposent toujours de troupes bien fournies comparées à d'autres catégories socioprofessionnelles, mais l'enthousiasme militant paraît faire défaut. Manifestement, les adhérents de base ne font plus confiance à leurs dirigeants professionnels. Les agriculteurs seraient, en fait, plus pratiquants que croyants. Mais le culte du Veau d'or, lui, continue.

« Je mobilise en organisant des formations qui apportent des réponses techniques à des problèmes techniques », souligne le trésorier du CDJA des Landes. « En ce qui concerne les jeunes, le syndicalisme bat un peu de l'aile », ajoute un jeune céréalier. De l'avis général, les agriculteurs adhèrent aux syndicats davantage pour bénéficier d'un soutien au moment où ils rencontrent des difficultés que pour défendre une conception de leur métier ou de l'agriculture en général. Les « adhérents de la FNSEA sont plus des clients que des militants ». Les fédérations départementales qui marchent le mieux sont celles qui offrent le plus de services.

Les élections aux chambres d'agriculture, qui ont lieu tous les six ans, permettent aux syndicats de compter leurs troupes... quand les agriculteurs vont voter. Lors des dernières élections, en 1995, la surprise a eu lieu dans le Finistère, où la liste UDSEA (Union départementale de défense syndicale des exploitants agricoles), qui défend une agriculture moins productiviste que la FDSEA, a largement battu celle-ci (52 % contre 42 %).

Quelque chose serait-il en train de changer ? Combien d'agriculteurs ont connu, avec la FDSEA, des mésaventures semblables à celle qui m'est arrivée en 1985 ? Un vétérinaire avait refusé de pratiquer une césarienne sur une de mes vaches. Comme j'avais perdu et la vache et le veau, j'avais intenté un procès au vétérinaire. En tant qu'adhérent à la FDSEA, je demandai le soutien d'un organisme censé défendre mes intérêts. On me le refusa, sous prétexte que, dans une telle affaire, je pouvais bien me débrouiller seul. Je perdis mon procès. Ce jour-là, je compris que je pouvais, en effet, me débrouiller sans la FDSEA, et divorçai de ce syndicat dont le seul but avéré semblait de percevoir des cotisations !

Récemment, lors de la préparation du « Projet départemental » qui doit définir l'orientation agricole du Morbihan dans les prochaines années, j'ai pu me rendre compte des divergences qui se font jour au sein des élus FDSEA à la chambre d'agriculture. Les tenants d'une agriculture à visage humain, les plus nombreux, ont pris à partie les quelques partisans de l'agriculture intensive, des producteurs en hors sol pour la plupart. Mais, lors du vote en session, tous les membres de la liste FDSEA ont voté pour le « maintien de l'outil de production » dans le département — ce qui revient à dire que l'on poursuit sans varier le même objectif : produire toujours plus avec le moins d'agriculteurs possible. Les usines agro-alimentaires et les centrales d'achat n'ont aucun souci à se faire.

Le courant favorable à une agriculture naturelle semblait pourtant l'avoir emporté, il y a quelque temps. Lors d'une entrevue qu'il m'accorda chez lui, en Aveyron, Raymond Lacombe, alors président de la FNSEA, m'avoua que le système ultra-libéral breton allait à sa perte. De fait, il n'acceptait pas, lui non plus, le système compétitif breton. « Les porcheries de mille truies, me dit-il, c'est une connerie. Aujourd'hui, c'est la porcherie de quatre-vingts truies, sans salarié, qui s'en tire le mieux. Pour valoriser les hommes, il vaut mieux cent agriculteurs à la tête chacun d'une porcherie, qu'une société industrielle avec cent porchers. » Il ajouta que, bientôt, il suffirait de quelques gros agro-industriels bretons pour nourrir l'ensemble des Français... et éliminer définitivement les paysans traditionnels. M. Lacombe reconnaissait enfin à l'agriculteur un rôle d'aménageur de l'espace, tout en refusant de le réduire au seul gardiennage de quelque Disneyland pour citadins et touristes.

Mais Raymond Lacombe fut vite remercié et... le désert continue d'avancer.

Depuis les élections de 1995, le syndicalisme « officiel » (FNSEA-CNJA) est cependant en proie à une certaine effervescence qui peut changer le cours des choses. Il ne peut plus concilier, dans le même discours, les thèses des ultra-libéraux, adeptes d'une agriculture industrielle, intégrée et endettée, et celles des partisans de la tradition qui ont survécu miraculeusement.

C'est le président actuel de la FNSEA, Luc Guyau, qui demande aux producteurs bretons de penser aux autres — et qui se fait huer, lorsqu'il se rend dans le Finistère, par les adhérents de ce département. C'est lui aussi qui met en garde les autorités contre les risques du clonage : faut-il vraiment donner des petites sœurs à Dolly, la « brebis de laboratoire » ? C'est aussi la guéguerre entre le président de la chambre régionale d'agriculture de Bretagne, M. Salmon (FDSEA, Côtes-d'Armor), qui, conscient des dégâts que l'agriculture industrielle occasionne en matière d'environnement, veut freiner son expansion, et le fameux « lobby porcin » breton.

Sur le plan national, un phénomène a d'ailleurs été occulté : la dissidence de quatre importants membres de la direction de la FNSEA dont le numéro 2, M. Teyssédou, originaire du Massif central, région d'élevage traditionnel, et, à ce titre, partisan d'une agriculture plus humaine, respectant la nature et l'homme. À ce propos, *Ouest-France* se demandait — on ne sait si c'était avec ironie, cynisme ou naïveté — si, en perdant ces quatre personnalités, la FNSEA allait retrouver son potentiel intellectuel. Cela a dû faire plaisir à M. Guyau. En vérité, les quatre dissidents ont vite été récupérés par la fédération nationale...

Mais on attend encore l'audacieux réformateur qui apportera la perestroïka aux organisations agricoles françaises où survit, plus que jamais, un système stalinien. Les élections aux chambres d'agriculture illustrent le déficit de démocratie qui sévit dans le milieu agricole. La liste qui passe la barre des 50 % obtient, dès le départ, la moitié des sièges du collège exploitants. Le reste est réparti à la proportionnelle. De plus, les autres collèges d'élus à la chambre d'agriculture (Mutualité agricole, Crédit agricole, anciens exploitants...) étant des bastions de la FNSEA, ceux-ci apportent d'autres membres au syndicat.

Ainsi, dans le Morbihan, les deux listes minoritaires (Confédération paysanne et Coordination rurale), totalisant respectivement 19 et 17 % des voix, n'ont obtenu que deux sièges chacune, contre une trentaine pour la FNSEA qui a eu 57 % des voix.

L'adhésion à la FNSEA, une certaine docilité et le don de prendre la parole en public permettent à l'heureux élu de briguer des postes enviés, inexpugnables (président de caisse de Mutualité agricole, de Crédit agricole ou de coopérative), agrémentés de beaux avantages (Mérite agricole, voyages et notes de frais). Hélas, ces postes ne sont importants que pour « l'élu », car ils sont dépourvus de tout pouvoir.

Ces assemblées « démocratiques » sont chargées du « développement de l'agriculture ». Pour se faire aider, elles embauchent des agents qui vont porter la bonne parole dans les campagnes : six mille employés dans toute la France, dont quatre mille « techniciens ». En préconisant un modèle unique et rentable (pour eux, en tout cas), ces agents ont fait office de curés de campagne montrant le bon chemin aux brebis égarées. À niveau dans les années 60, ils ont ensuite perdu pied, récitant le même discours quand il aurait fallu se remettre en question, mais ils n'allaient pas se rebeller contre les tenants de la pensée unique.

En 1971, un esprit courageux, Jean-Pierre Carlier, alors membre de la commission économique du CNJA, dénonçait cette prolifération de conseillers : « La France est un des seuls pays à se payer le luxe d'avoir plusieurs milliers de conseillers agricoles totalement irresponsables de leurs actes. C'est une source essentielle de l'inadaptation des productions au marché. Pour une poignée de conseillers ouverts et soucieux du devenir des agriculteurs, combien se sont défaussés en attendant l'heure de la retraite, jouant les pousse-au-crime de la production à outrance, sans se sentir concernés en aucune manière par l'écoulement de la marchandise ? »

Dans les chambres d'agriculture, comme dans le syndicat officiel qui les dirige, le temps s'est arrêté, les idées se sont fossilisées, comme pour une ultime crispation avant la mort.

Chapitre 8

Us et coutumes des coopératives

Lorsque j'ai arrêté la production de lait, en 1984, j'ai eu un peu plus de loisirs et pris le temps de réfléchir à mon métier. Une question, en particulier, m'intéressait. Je voulais comprendre à quoi était due la baisse continuelle du prix des denrées agricoles. Pour m'informer, j'ai commencé à fréquenter diverses réunions, ainsi que les assemblées de coopérative. J'entrais dans un univers parallèle, inouï, dont nul ne peut soupçonner l'existence s'il ne l'a pas vu de ses yeux.

Depuis longtemps, les coopératives ne remplissent plus leur rôle. Celui-ci était ainsi défini par la loi de 1972 : « L'utilisation en commun par les agriculteurs de tous moyens propres à faciliter ou à développer leur activité économique, à améliorer ou à accroître les résultats de cette activité. »

Le mouvement coopératif est né d'une grande idée : le contrôle, par les producteurs, de leurs approvisionnements et de leurs débouchés face aux commerçants. Mais les bonnes intentions ont finalement débouché sur un fiasco.

Lors du dernier congrès du CNJA, en mai 1996,

sa présidente, Mme Lambert, a affirmé qu'« on veut retrouver un contrat de confiance avec la coopération. Pour cela, elle doit renouer avec ses valeurs pour redevenir l'outil privilégié des agriculteurs ». « Si les coopératives veulent mériter leurs avantages, qu'elles se remettent en question. » Et de demander les mêmes prix pour tous les producteurs, quels que soient les volumes livrés à la coopérative. « Nous avons besoin de structures plus humaines. Il y a des responsables qui ne sont plus porteurs de valeurs collectives. Ils préfèrent inciter les producteurs à prendre des exploitations qui se libèrent plutôt que d'installer des jeunes qui ne seront peut-être pas coopérateurs »... ou de mauvais coopérateurs.

Certes, les coopératives ont investi des sommes énormes dans la construction d'ensembles industriels. Mais ces usines s'inscrivent dans une logique de productivisme rarement compatible avec le souci de la qualité, et elles se servent de l'adhérent plus qu'elles ne le servent. De fait, les représentants de celui-ci au conseil d'administration ont abandonné le pouvoir économique à une petite caste administrative.

Notre région bénéficiant d'un microclimat tempéré et humide, je me lançai dans la production de pois et de haricots de conserve destinés à finir en boîte. Cette production de légumes me convenait à merveille, car elle se marie bien avec l'élevage de bovins. Ceux-ci produisent du fumier très bénéfique pour les légumes, surtout pour des semis pratiqués dans de vieilles pâtures. Les rendements sont très satisfaisants, même sans irrigation.

La première année, je me contentai d'ensemencer six hectares, trois en pois et trois en haricots, qui devaient être transformés par des coopératives. Ce sont elles qui fournissent les semences et réalisent la récolte. Au début, je voulus déterminer quelle était la meilleure d'entre elles... ou la moins mauvaise, et j'en mis plusieurs en concurrence.

J'éliminai bientôt celle de Landerneau, l'une des plus importantes de France par son chiffre d'affaires. Après la récolte, j'avais accompagné le transporteur à l'usine de la coopérative, située à Loudéac. Cela ne plut pas à la direction de l'usine. Il est en effet très mal vu qu'un producteur aille vérifier le poids et le classement de sa production. Une coopérative appartient pourtant normalement et « juridiquement » à ses adhérents. Pour me punir de mon arrogance, on « taxa » mon lot de haricots de 46 % de déchets, au lieu des 15 à 18 % constatés en temps normal. Mes haricots ne me rapportèrent rien du tout cette année-là. Mais j'avais compris que les adhérents d'une coopérative n'étaient traités que comme de vulgaires fournisseurs tout juste bons à alimenter l'usine en matière première.

En 1986, je travaillai avec deux coopératives : la coopérative de Saint-Yvi et la Centrale coopérative bretonne (Cecab). Comme je demandai un jour des explications à un dirigeant de la coopérative de Saint-Yvi au sujet de mes légumes, il commença par m'insulter ! En 1987, je ne travaillai plus qu'avec la Cecab, ou plutôt sa filiale, l'Union fermière morbihannaise et la marque D'Aucy. Cela me permit d'ensemencer une douzaine d'hectares de légumes, toujours des pois et des haricots.

Comment fonctionne cette « coopération » ? À l'automne, les producteurs assistent à l'assemblée de la coopérative, suivie d'un repas. Le menu peut être alléchant. Je me suis un jour retrouvé assis à droite d'un défenseur acharné du système intégré : 35 ans, président de CUMA (coopérative d'utilisation de matériel agricole), BTA (brevet de technicien agricole), passionné par son métier, c'était sûrement un très bon élément dans son exploitation. Pendant deux heures, il ne parla que de tonnes de lisier... Tuant ! Comment apprécier ce qu'on a dans son assiette ? D'autres ne parleront que de cochons ou de vaches laitières, avec tous les détails. En dehors de cela, ils ne connaissent rien.

Après quelques verres, leurs performances deviennent ahurissantes. Les cent quintaux de blé sont toujours dépassés, « leur » charrue retourne des hectares de terre comme des galettes. Tout est beau, tout est merveilleux.

Du reste, ces assemblées sont plutôt mornes. Elles permettent au personnel administratif, des salariés de la coopérative, de vanter les résultats. « Notre » coopérative est toujours la meilleure. Le chiffre d'affaires de vente d'engrais ou de phytos (produits de traitement...) augmente régulièrement. On ne s'abaisse que rarement à parler du prix des produits, et si un adhérent désobligeant se permet une question sur le prix payé à la production, on lui répond que des temps meilleurs approchent.

À l'étape suivante, une assemblée de section de la coopérative réunit les adhérents d'un même secteur géographique. Cette section « élit » son représentant au conseil d'administration. En général, il n'y a guère de suspense : l'élu est désigné d'avance, comme dans les grandes démocraties, par acclamations... C'est un adhérent « gentil », peu contestataire et facile à manipuler.

Il en faut pourtant peu pour gripper la machine et révéler l'iniquité de ses procédures. Combien d'adhérents, par exemple, ont-ils lu les statuts de la Coopération agricole, qui stipulent qu'il suffit d'une seule demande pour que le vote à bulletin secret soit rendu obligatoire ? Quand on demanda au jeune Gourvennec d'entrer dans le mouvement officiel de défense des producteurs d'artichauts du Léon, il exigea « la remise en cause par un vote à bulletin secret du mandat de tous les présidents de syndicat local ». Cette exigence de démocratie dans le milieu agricole paraissait alors primordiale. Elle visait à écarter les chasseurs de médailles et de voyages. En outre, une personnalité élue par un vote secret a infiniment plus de poids aux yeux de ses mandants qu'un administrateur désigné ou autodésigné. Ses électeurs attendent beaucoup de lui, car ils l'ont élu pour faire autre chose, par révolte contre le fatalisme qui fait accepter aux autres des pratiques injustifiables.

Lors de l'assemblée de section de la Cecab, en novembre 1990, le poste d'administrateur de notre secteur était à renouveler. Le candidat sortant était un gros bonnet, la première personnalité agricole morbihannaise, président du Crédit agricole, ancien conseiller général, administrateur de plusieurs organisations agricoles, et, on s'en doute, membre influent de la FDSEA. Personne n'avait jamais osé s'opposer ouvertement à ce parfait notable. C'est que les risques étaient gros : pour se présenter face à une telle personnalité, il fallait avoir les « mains libres » — ne pas avoir besoin de prêts au Crédit agricole et être doté d'un certain culot. Je me passais fort bien des premiers et me croyais armé du second quand, pour la première fois de ma vie, j'ai décidé de me présenter à une élection. Pour mettre toutes les chances de mon côté, je demandai d'entrée de jeu le vote secret. On fut bien obligé de me l'accorder, et ce fut le branle-bas de combat. Quand les deux scrutateurs procédèrent au comptage des voix, il apparut assez vite que la démocratie avait fait des ravages : dès le premier tour, je battais le fameux notable par vingt et une voix contre seize.

Je fus le premier surpris et balbutiai quelques remerciements. Mais je remarquai en même temps le silence gêné et le regard éloquent du directeur de la coopérative.

Je devais recevoir d'autres félicitations le lendemain. Je m'apercevais que mon coup d'État avait, en fait, réjoui bon nombre d'agriculteurs, qui avaient rêvé de voir déboulonner cette encombrante statue. Ses collègues du conseil municipal eux-mêmes se joignirent au chœur des congratulations : protégez-moi de mes amis... D'autres paysans descendaient de leur tracteur pour m'applaudir. Seul le vaincu ne me félicita pas — il n'avait pas de ces élégances-là —, mais il m'a été rapporté que, tout de même, il avait versé quelques larmes. En vérité, il préparait déjà sa revanche, qu'il devrait attendre plusieurs années.

Les autres administrateurs du groupe Cecab

m'accueillirent d'un œil soupçonneux. Il est extrêmement rare, en effet, qu'un adhérent parvienne à ce poste sans avoir au préalable été désigné par le technicien du secteur de la coopérative. Or, je m'étais désigné moi-même, j'étais un élément perturbateur. Bien vite, je compris qu'on avait décidé de me mettre au pas.

Trois semaines après mon élection avait lieu l'assemblée générale du groupe Cecab à Vannes. Cela s'apparente à une grand-messe, avec sermons, discours et exposés des « personnalités » présentes : toujours les mêmes. Le lecteur doit commencer à pouvoir les nommer : le directeur du Crédit agricole, le préfet, le directeur départemental de l'Agriculture, le président et le directeur de la coopérative, etc. Ils sont unanimes : la Cecab est dans la bonne voie, « on est les meilleurs » et l'année qui vient sera encore supérieure à la précédente. On se croirait dans une secte !

Une personnalité extérieure à la coopérative, qui, en général, est un « économiste distingué », dépêché si possible de Paris, vient exposer sa doctrine, dans laquelle sont martelés toujours les mêmes mots : « intensif », « compétitif », « atouts en main ». J'ai même entendu une fois l'un de ces « missionnaires » nous dire, le plus sérieusement du monde, que les centrales d'achat commençaient à avoir pitié des producteurs agricoles !

Bref, tout va pour le mieux dans le meilleur des mondes. Les prix à la production baissent régulièrement, mais cet aspect est secondaire... pourvu que le système marche !

J'ai bien vite eu la réputation d'être une forte

tête. On m'attendait pour animer un peu ces manifestations. Avec deux ou trois autres adhérents qui partageaient mes idées, je me suis permis quelques questions aux éminentes personnalités qui nous honoraient de leurs lumières. Une fois, un adhérent (qui, après une telle question, ne risque pas de devenir jamais administrateur) demanda au président ce qu'il pensait de la possibilité qu'offrait la coopérative à un gros producteur de placer des porcs à nourrir chez un adhérent en difficulté. Cela s'appelle, en langage productiviste, « l'intégration horizontale ». Le président répondit naïvement que la coopérative ne pouvait s'arrêter à ce genre de détails : il fallait que l'usine tourne, peu importait l'origine des cochons !

L'assemblée générale d'une coopérative est un rituel savant, pieusement perpétué. J'ai parlé du repas qui la suit et qui réunit trois à quatre cents personnes. Ce n'est pas tout d'avoir le plaisir d'entendre parler de lisier pendant des heures, encore faut-il le mériter. On commence par chercher sa place à table sur un grand tableau. Il y a les tables rondes et les rectangulaires ! Les rondes reçoivent les invités de marque et les administrateurs dociles (cela fait du monde !). Le problème, c'est que les dociles sont en général les plus faibles intellectuellement, et donnent de la coopérative une image un peu rétrograde. Mais on ne peut tout avoir. En six ans, on s'en doute, je n'ai jamais eu droit à la table ronde. Heureusement, le menu, fort agréable (un lion repu ne mord plus), est le même sur toutes les tables.

Pour mon premier repas d'élu à l'assemblée, à

Vannes, on s'était passé la consigne. Pendant toute la durée du dîner, on essaya de me décourager. Un administrateur zélé, en particulier, n'eut de cesse de démolir mes convictions. Il m'expliqua que les administrateurs de la Cecab n'étaient pas soumis au directeur, ce qui laisse rêveur quand on connaît la réalité. Ce catéchisme n'obtint aucun résultat sur moi : j'ai passé l'âge de recevoir des leçons. Mais je m'aperçus tout de suite que je gênais cet administrateur aux dents longues, programmé pour monter dans la hiérarchie de la coopérative.

Le reproche principal que j'adresse à mes collègues administrateurs, c'est en effet leur servilité à l'égard de la direction. Certes, j'ai beaucoup d'estime pour le directeur : homme de caractère, ce gestionnaire avisé est froid, distant, ne témoigne de respect qu'aux gens qui, comme lui, ont une forte personnalité. En quelques années, il a transformé la Cecab en une coopérative de niveau national, l'une des mieux gérées de France, avec une capacité d'autofinancement proche de celle des sociétés privées, et parfois supérieure, ce qui est rare en milieu agricole. Mais ce monsieur n'aime pas être contrarié dans ses décisions. En dépit de la législation, c'est lui qui « désigne » le président de la coopérative, quand celui-ci devrait être élu par les administrateurs.

La plupart des coopératives bretonnes ont comme présidents des sexagénaires quasiment en retraite, en tout cas éloignés de la production agricole elle-même. Ayant été exploitants durant les quinze bonnes années, ils ne connaissent pas les difficultés de ceux qui se sont installés depuis 1975.

Comme une large part de la société française, ce monde souffre de gérontocratie.

L'expérience de Jean Gauter montre jusqu'où peuvent aller les pouvoirs du directeur. Était-il trop jeune ? En 1982, lorsque ce producteur de porcs et de légumes de conserve devient président de la Cecab, il a 37 ans. Ancien président du Centre départemental des jeunes agriculteurs du Morbihan, il est, lui aussi, doté d'une forte personnalité. Deux hommes de caractère à la tête d'un même organisme ne pouvaient que s'affronter. Le premier éclat arriva assez vite entre M. Gauter et la direction, à l'occasion de la découverte d'une fraude à la réception de légumes dans une usine du groupe, fraude qui, bien sûr, pénalisait les producteurs au bénéfice de l'industriel. M. Gauter porta l'affaire devant le conseil d'administration de la coopérative et demanda un vote de défiance. Mais les autres administrateurs ne le suivirent pas et M. Gauter démissionna finalement.

Le directeur, salarié de la coopérative, l'emporta donc face à son patron, le président. En mettant M. Gauter en échec, les adhérents producteurs acceptaient eux-mêmes d'être lésés en perdant une partie de leurs livraisons de légumes.

Mais on ne pardonna pas le crime de lèse-majesté et on ne se contenta pas de la démission du malheureux. M. Gauter devait connaître une série d'avanies. Il était resté administrateur de la coopérative. Mais, lors de la crise porcine de 1992-1993, il fut obligé de jeter l'éponge ; plutôt que de voir ses biens hypothéqués par la Cecab pour un découvert peu important mais suffisant pour le mettre à genoux, il choisit de s'engager dans une procédure de règlement judiciaire.

Un directeur de coopérative agricole importante bénéficie d'un salaire plus qu'honorable, comme le révélait François de Closets dans son *Toujours plus*, en 1983 : « Au-delà du système capitaliste, on trouve des rémunérations supérieures à 50 000 francs dans le secteur mutuel et coopératif. C'est particulièrement vrai dans le cas de la bureaucratie agricole. À la tête de certaines grosses coopératives, les dirigeants perçoivent des rémunérations de grands PDG, totalement ignorées des agriculteurs coopérateurs. »

Avec l'achat ou la construction de nouvelles unités, ce salaire peut atteindre, en 1996, de nouveaux sommets, de l'ordre de 150 000 francs par mois. À ce niveau, la défense du produit face aux centrales d'achat passe au second plan.

La direction n'aime pas non plus les administrateurs qui pourraient lui faire de l'ombre. C'est le cas de mon ami Jean-Pierre, l'un des rares ingénieurs agronomes du département, installé dans une ferme en production porcine, bovine et de légumes. Personnalité éminente de la FDSEA, Jean-Pierre allie à la fois des qualités manuelles et intellectuelles, cas exceptionnel car, en général et de plus en plus, quoi qu'on en dise, ce sont les qualités manuelles qui priment chez les paysans. À 55 ans, administrateur de toutes les organisations agricoles morbihannaises (coopératives, Mutualité sociale agricole, Crédit agricole, etc.), il en est le véritable Poulidor : toujours placé mais jamais gagnant ! Chaque organisation espère qu'il sera président de l'autre ; il ne parvient pas à courber suffisamment l'échine et, surtout, son niveau intellectuel et sa culture feraient de l'ombre aux directeurs desdites organisations. Au bout du compte, c'est le monde agricole de la région qui souffre de cette « mise à l'écart ».

M. Debatisse, orfèvre en la matière, a bien analysé la situation dans *La Révolution silencieuse*, mais pourquoi n'a-t-il rien tenté pour la modifier ? « Les professionnels issus de l'agriculture n'ont eu d'autre ambition que de se faire élire à la présidence des coopératives, dit-il. Ils ont laissé le pouvoir réel à des technocrates qui les méprisent. Nous devons prouver que la coopérative reste la réponse aux problèmes agricoles. Mais il faut franchir une nouvelle étape : les conseils d'administration doivent exercer de vraies responsabilités. Pour cela, leurs membres doivent être formés en connaissance de cause. »

On en est loin. Les responsables de coopératives ne cessent de parler de leur « idéal » tout en le piétinant sans vergogne. Ces dévots sont les tartufes du monde paysan. Quant à la formation des administrateurs de coopératives, le moins qu'on puisse en dire est qu'elle laisse à désirer. J'ai suivi pendant deux ans un stage de formation dans ma coopérative. Sur une quinzaine d'administrateurs « stagiaires », nous étions deux à avoir suivi le stage jusqu'au bout.

Le sérieux avec lequel se déroulent les conseils d'administration est du même ordre. Ceux de l'Union fermière morbihannaise (coopérative du groupe Cecab chargée de la production et de la transformation des légumes de conserve) se déroulent tous les deux mois environ. Chaque année, nous « élisons » (c'est, on l'a vu, une façon de parler) un bureau : président, vice-président, secrétaire, trésorier. Les premières années, à ma grande surprise, je récoltais toujours quelques voix, sans m'être porté candidat (cela ne se fait pas dans ce milieu).

Vint le conseil d'administration de janvier 1992. À la fin de la séance, le président annonça que, au printemps, les administrateurs et directeurs de la coopérative allaient partir en voyage en Israël. Le prétexte ? Y décerner le Mérite agricole à l'un des administrateurs atteint par la limite d'âge ! J'hésitai longtemps à accepter ce voyage. Ces pratiques étaient cachées aux adhérents de base qui n'auraient peut-être pas vu d'un très bon œil qu'on puisse ainsi visiter le monde à leurs frais. Mais comment résister à la tentation, quand on n'a encore jamais quitté la France ? À cette époque, les prix des légumes à la production étaient relativement bons : cela se détériorera ensuite. J'eus la faiblesse d'accompagner les autres membres du conseil d'administration dans leur excursion.

Ce voyage avait un autre prétexte : nous devions nous intéresser à l'irrigation en Israël — il est bien connu que la Bretagne, où il ne pleut jamais, a beaucoup à apprendre en ce domaine ! L'affaire fut assez vite expédiée. Nous rencontrâmes des chercheurs et des étudiants dans les écoles d'agriculture et des kibboutz. Que durent-ils penser des capacités intellectuelles des dirigeants du monde agricole français ? Le principal souci de mes collègues consistait, semblait-il, à jouer des tours pendables aux autres — comme par hasard, aux « fortes têtes » —, par exemple de leur subtiliser leurs valises et leur passeport... Un groupe de gamins en vadrouille.

Au retour, les conseils d'administration se poursuivirent à leur rythme normal. Lors d'une assemblée de secteur de la Cecab, un producteur de légumes demanda au président si l'on pouvait espérer une hausse des prix du haricot. Celui-ci répondit qu'on pourrait peut-être obtenir une hausse de l'ordre de 10 %. Cette prédiction enflamma l'assistance. Mais la douche froide approchait.

La production de légumes bénéficie d'un règlement spécial : la maîtrise de la production. Cela signifie que les conseils d'administration des groupements de producteurs de légumes tentent, chaque année avant les semis, d'adapter l'offre à la demande. Pour déterminer le prix payé au producteur, des « négociations » (un bien grand mot quand on connaît la division et la faiblesse des producteurs) ont lieu à Paris, au Comité économique national des légumes à destination industrielle (CENALDI).

En 1993, cet organisme décida, à la stupeur générale, une baisse de 25 % des prix et des surfaces à semer. Devant cet état de fait, le conseil d'administration, ou plutôt la direction, décida de réduire les surfaces en priorité chez les producteurs non adhérents exclusifs de la Cecab. Trois jeunes de mon secteur furent ainsi exclus et ne reçurent pas de semence, alors qu'ils ne produisaient que cinq ou six hectares de légumes.

L'article 8 des statuts de la coopération agricole

précise en effet que « nul ne peut faire partie de deux ou plusieurs coopératives agricoles pour le même service et pour la même exploitation ». Le jour de mon élection au poste d'administrateur, pour éviter toute contestation à mon égard, j'avais pris soin d'appliquer strictement les obligations de cet article 8 en adhérant à 100 % à la Cecab pour toutes mes productions. Or, j'appris par la bande que certains membres du conseil d'administration livraient leurs œufs ou leurs cochons à une autre coopérative ou même à un groupe privé... Ils gardèrent, eux, leurs surfaces de légumes et reçurent leurs semences. Du reste, bien avant une hypothétique discussion en conseil d'administration afin de déterminer les modalités de réduction des surfaces, les techniciens chargés des emblavements étaient passés chez les producteurs pour leur communiquer les ordres émanant d'en haut. Une fois de plus, les administrateurs étaient placés devant le fait accompli.

En 1993, avant la chute des prix, le directeur décida la construction d'une nouvelle usine de transformation de légumes en Bourgogne. Cela posait le grave problème de la délocalisation des productions, à laquelle les Bretons, ombrageux, sont particulièrement sensibles. Pour faire passer la pilule et « mouiller » les administrateurs, le directeur décida d'un vote à main levée au conseil d'administration. Pendant le conseil, à droite du directeur, sont placés les membres du bureau qui sont informés de la décision à prendre. Lorsqu'ils ont levé la main, le reste du conseil sait ce qu'il lui reste à faire — comme au Politburo de l'ex-URSS.

L'usine fut construite. Notre directeur réussit l'exploit d'en faire financer les deux tiers par les producteurs de Bourgogne, sous forme de droits d'entrée.

Juste avant la baisse des prix de 25 %, la coopérative prit soin de recruter des irriguants « performants » pour arriver à 50 % des surfaces de la Cecab en légumes irrigués : pour ce faire, la coopérative cautionna leurs prêts.

Je m'opposai à cette décision, non que je sois contre l'irrigation (certaines communes de Bretagne sont trop peu arrosées l'été pour permettre la production de légumes), mais parce que ce genre de contrat entraîne la soumission du producteur. Les contrats d'irrigation sont en effet arbitraires : on n'y fait pas figurer le prix payé pour la production future. De plus, des régions comme la mienne, qui bénéficient d'un climat plus humide, allaient être dépourvues de légumes au bénéfice des irriguants qui, pour amortir leurs frais, devraient obligatoirement augmenter leur production. Alors que, autre anomalie, ces plantations sont irriguées à 50 %, le conseil d'administration est formé de quatorze irriguants sur seize administrateurs. Cela veut dire que si les prix continuent à baisser, ces quatorze administrateurs peuvent décider, par un simple vote, de supprimer les légumes aux non-irriguants qui sont, pour eux (et pour le directeur), des marginaux, des retardés, des bricoleurs...

On m'avait écarté de ces conciliabules et ce n'est qu'en 1994, en rentrant d'une visite à la nouvelle usine de Bourgogne, que j'appris que nous étions sous-représentés lors des négociations au

CENALDI. En France, deux grands groupes disposent chacun d'environ 30 % de la production légumière : la Cecab et Bonduelle, société de droit privé. Au sein du CENALDI, Bonduelle bénéficie de cinq représentants sur un total de seize ; pour la même surface, la Cecab ne compte qu'un seul représentant. Cela ne nous avait jamais été dit en conseil d'administration. Les producteurs bretons pouvaient toujours trimer, puisque c'était Bonduelle qui orientait les prix.

Toutes ces révélations m'avaient écœuré et, après l'assemblée de 1994, je décidai de ne plus me représenter, refusant de semer des légumes à ces conditions. Le président me supplia de rester administrateur, « pour la bonne image de la coopérative ». Mais, devant les adhérents, à l'assemblée, je ne savais plus quel langage tenir. Pour moi, les prix à la production ont plus d'importance que le maintien à son poste d'un administrateur. Mes électeurs m'avaient fait confiance pour influer sur le cours des choses, et je m'en voulais de n'avoir pu réaliser le moindre mouvement dans ce sens.

Comme on ne disposait d'aucun autre candidat, il fut décidé d'un vote libre en faveur de n'importe quel adhérent présent dans la salle. Je fus élu à la quasi-unanimité, quoique n'étant pas candidat, quoique n'étant plus producteur de légumes. Administrateur tu es, administrateur tu resteras !

Il me fallut donc, sans grand enthousiasme, repartir pour un second mandat. Mais, cette fois, j'étais bien décidé à ne plus me laisser faire. Lorsque, au début de 1996, on parla d'un nouveau voyage d'une semaine en Afrique du Sud, je refusai catégoriquement de me joindre à la joyeuse bande. Après la chute des prix catastrophique, un tel voyage me paraissait insultant envers les producteurs de légumes. Le conseil d'administration qui suivit ce voyage fut terrible : en refusant de suivre le groupe, je devenais un ennemi ouvert du système. Je décidai de renoncer, en mai 1996, à mi-parcours, à mon mandat.

Auparavant, j'avais demandé un entretien avec le directeur. Il me répondit qu'il se moquait de mes états d'âme. Avant de démissionner, je pris l'engagement devant les adhérents qu'il m'entendrait bientôt d'une manière ou d'une autre. Promesse tenue.

Chapitre 9

« Intégrés » ou désintégrés ?

Le contrat d'intégration : on a longtemps cru que ces syllabes magiques désignaient la panacée, la seule voie de salut pour l'agriculture bretonne. Ceux qui se sont laissé tenter par l'aventure ont hélas ! vite compris qu'ils étaient tombés dans un piège. Il y avait autrefois cent manières d'échouer au bagne. Le productivisme de l'agro-business en a inventé une de plus : les travaux forcés à perpétuité par consentement mutuel.

Il est vrai qu'au départ, ce contrat a l'air anodin, et qu'il est tentant, pour un jeune agriculteur : ne plus être isolé, ne plus être le paysan méprisé, mais devenir le maillon d'une chaîne, le « partenaire de l'industrie agro-alimentaire », bénéficier de prêts à taux très intéressants, construire des bâtiments modernes. On se laisserait séduire par moins que cela. La plus grande part des productions dites intensives, notamment le hors sol, est intégrée. Cela signifie qu'à la base, les poulets, les porcs sont fournis par une structure industrielle ou une coopérative, qui se porte également caution pour le prêt nécessaire à la construction du bâtiment. Rien n'appartient au producteur, si ce n'est le terrain. Et encore !

Au bout de dix ans, le producteur a fini de rembourser son poulailler à la banque : il en devient officiellement propriétaire. Mais, ce jour-là, il est grand temps d'effectuer des travaux d'amélioration. Et le cycle infernal redémarre. Ce contrat d'intégration est en réalité, la plupart du temps, léonin (c'est-à-dire de lion à chèvre...). Car il y manque un élément essentiel : le mode de détermination du prix du produit livré par l'éleveur. Seul l'industriel en décide, sans consulter le producteur. Il jouit également d'une paix royale : le producteur intégré, tout en bas de la filière, ne fait pas grève. Ainsi, l'agro-industrie a trouvé le moyen de recruter des salariés dociles, qu'elle peut licencier à volonté, et qui paient de leur poche leur outil de production. On n'arrête pas le progrès social.

Certes, les « intégrés » essaient parfois de se faire entendre. Devant la baisse continuelle des prix, certains ont cherché à se révolter. Mais ces jacqueries ont vite avorté. Tout en bas de la filière, c'est la peur qui règne, la peur qu'on ne vous livre de mauvais poussins ou de mauvais porcelets si vous haussez le ton. Pris à la gorge, l'esclave du complexe agro-alimentaire n'a qu'une alternative : ou bien il vend « son » bâtiment à un autre producteur — à un prix dérisoire, étant donné les annuités qui restent à payer —, ou bien il construit un second poulailler, une nouvelle porcherie... qui entraîneront une surproduction et donc une nouvelle baisse des prix. Les gros jouent sur du velours.

Pourtant, là aussi, le vent semble tourner. Ainsi,

en juillet 1996, c'est le préfet de la région Bretagne qui est venu défendre les producteurs de volailles « intégrés » aux sociétés Doux, Bourgoin, Unicopa : « Il y va de la crédibilité de tous (...). Mon souci est de défendre une filière dont tous les partenaires sont importants. La balle est dans le camp des entreprises. »

Par ailleurs, la Cour de cassation s'est récemment exprimée en matière de contrat d'intégration. Dans un arrêt rendu le 4 mai 1994, au bénéfice de Mlle Marion Jouaffre, la première chambre civile de la Cour de cassation a déclaré qu'un tel contrat, signé avec un agriculteur, devait prévoir un prix déterminé autrement que par la seule volonté de l'industriel. Une petite révolution !

L'accord avait été conclu en février 1986 avec la société Agriver, de Castelnaudary. Mlle Jouaffre s'engageait à élever des lombrics pour fournir un engrais, le « lombricompost », à Agriver, qui, elle, apportait les vers, leur nourriture, et rachetait l'engrais produit au prix qui lui conviendrait. Considérant que les sommes versées par Agriver étaient insuffisantes, Mlle Jouaffre a demandé l'annulation du contrat et le paiement de dommages et intérêts. La cour d'appel de Rennes lui a donné raison en mars 1992, jugement confirmé par la Cour de cassation, qui a estimé que la référence au prix du produit était « extrêmement vague » alors qu'il aurait dû être déterminable à partir d'éléments précis. Ce jugement fera-t-il jurisprudence ?

Afin de connaître les mystères de l'intégration dans l'élevage industriel de volailles, je téléphone un jour à la société Doux, premier industriel européen en volailles, dont le siège social est dans le Finistère. Je raconte que j'ai l'intention de construire un poulailler. On me passe le chef du service « développement » pour la France (c'est-à-dire construction de poulaillers), qui n'est autre, je l'apprends, que le fils du président du Crédit agricole du coin — celui-là même que j'ai battu à la Cecab. Le système vit en vase clos. Il m'envoie aussitôt le chargé du développement de mon secteur. Rendez-vous est pris à mon domicile.

Yannick, 29 ans, BTS, fils de paysans de Lizio, dans le Morbihan — la commune de l'eau de source Katell Rock, qui a dû fermer son usine d'embouteillage pour cause de pollution —, se présente chez moi avec une demi-heure de retard. Très poli, Yannick commence par s'excuser : la circulation est ralentie en Bretagne centrale par les camions des usines agro-alimentaires rayonnant à travers la campagne.

D'emblée, je lui demande s'il ne trouve pas drôle que je me décide à construire un poulailler à mon âge (j'ai 47 ans).

« À voir votre fils (qui a 13 ans), me dit-il, je pense qu'il y a de la relève... » Il se trompe car mon fils n'ira pas à l'école d'agriculture.

Yannick sort de son attaché-case plusieurs brochures de la société Doux. La première, sur papier glacé, présente, en couverture, un magnifique poulailler au toit vert, flanqué de deux gros silos pour les aliments. Ça sent le neuf, c'est aguichant. On ouvre pour découvrir la présentation de l'intérieur du poulailler, « un outil simple, fonctionnel, rentable ». On y voit un jeune éleveur tourné vers l'écran de son ordinateur. On se croirait à Wall Street. Où est passé l'éleveur en bottes et en bleu de travail pleins de boue ? En dernière page, le groupe Doux met à la disposition du futur client un ensemble de services : « Étude prévisionnelle de rentabilité du projet, choix du constructeur et de l'aménagement intérieur, formation à l'élevage, animation technique permanente... » Rien n'est laissé au hasard, la « cible » est prise en main. Il faut à tout prix qu'elle entre dans le moule. « Quel est le coût d'un tel poulailler ? »

La seconde brochure répond à mes interrogations. En première page du document « Étude prévisionnelle de rentabilité d'un poulailler de 1 200 m^2 de type Louisiane » (modèle créé en 1987 par la société Doux, moins élaboré que l'ancien modèle standard), sont présentées les caractéristiques de production des poulets. Les chiffres ?

La rotation des poulets : 7 lots/an

La densité : 23 poulets/m^2

L'âge à l'abattage : 36 ou 43 jours selon les lots

Prix au kilo : 99 centimes.

Cette agriculture scientifique descend jusqu'à la décimale et chiffre très exactement sa production : un poulailler de 1 200 m^2 doit produire 302 968 kg de volaille par an.

« Combien rapporte cette avalanche de viande ? » demandé-je à cet agro-expert.

La rentabilité brute ? 297 617 francs. Le revenu net ? 188 977 francs avant annuité (il faut bien rembourser le prêt), et 77 415 francs après annuité, mais avant le paiement des charges d'assurances sociales agricoles.

« Il resterait donc, en moyenne, m'affirme-t-il, un revenu de 4 à 5 000 francs net par mois pour un poulailler de 1 200 m².

— C'est peu pour un couple.

— Il faut construire un second poulailler...

— Puis un troisième... et un quatrième... Comment se déroule le paiement de l'investissement ?

— Pour 1 200 m², le poulailler coûte environ 750 000 francs, sans le sol. Pour un financement total par la banque, le taux du prêt est de 8,5 %, pour une durée de dix ans. L'annuité est de 111 562 francs. Au bout de dix ans de remboursement d'annuités, le poulailler revient à 1 115 620 francs, soit 365 620 francs pour la banque.

— Quelle est la durée du contrat d'intégration ?

— Il est en général de un an, mais peut-être de trois ou quatre ans.

— A-t-on le choix de la société qui livre l'aliment ?

— La société Doux a un contrat avec trois ou quatre sociétés qui fabriquent l'aliment, l'éleveur n'a pas à s'occuper de la livraison de l'aliment, c'est l'intégration complète, les poussins sont aussi livrés par la société Doux.

— Êtes-vous optimiste sur l'avenir de la production de volailles industrielles ?

— Oui, bien sûr.

— Dans ce cas, pourquoi ne construisez-vous pas vous-même un poulailler ?

— La société Doux interdit à ses employés de construire des poulaillers.

— Je n'ai jamais visité un abattoir de volailles, mais j'ai lu dernièrement que les déchets de volailles représentaient un problème pour l'équarrissage. Comment cela se règle-t-il chez Doux ?

— Les déchets, intestins, os, etc., sont transformés et réintroduits dans l'aliment des volailles.

— Ne pensez-vous pas qu'il pourrait y avoir un jour un poulet fou ou une dinde folle ?

— C'est impossible, la période d'incubation de la maladie de la vache folle est de cinq ou six ans, et les poulets sont tués à trente-six jours ! »

Dans leurs réunions de techniciens, dans leurs argumentaires commerciaux, ces gens-là ont pensé à tout. Subjugué par tant d'arguments en faveur de la construction d'un poulailler, je me demande comment je peux encore résister.

« Vous allez dire à votre "chef" que je suis convaincu : je veux construire un poulailler. Mais à une condition...

— Laquelle ?

— Je signe un contrat de dix ans prévoyant que mon revenu sera indexé sur le salaire du PDG de la société ! Cela me semble on ne peut plus juste, et voilà qui changera l'atmosphère dans la filière volailles. »

J'attends toujours la réponse à cette proposition ! Une telle clause créerait pourtant une véritable politique de filière. Le producteur ne serait plus un serf, mais un véritable partenaire.

En outre, elle apporterait une détente certaine dans ce milieu, où, depuis quelque temps, les abattoirs sont surveillés nuit et jour par des vigiles, car certains producteurs n'acceptent plus la domination des groupes industriels et sont prêts à beaucoup pour se faire entendre. Comme en Corse ?

Devant la pression des producteurs et fort de son bénéfice de 50 millions de francs pour 1995, l'autre mastodonte de la volaille, le groupe Bourgoin (sponsor de l'équipe de football d'Auxerre), présidé par Corinne Bourgoin, s'apprêterait à améliorer les contrats de ses producteurs. Mais attention, pour les seuls « fidèles ».

Yannick ne m'a pas tout dit. Il n'a guère insisté, notamment, sur la manière dont s'effectue le ramassage des poulets chez l'éleveur.

Il faut dire que la date et l'heure de l'« enlèvement » (c'est le mot qu'on emploie, mais on pourrait aussi bien dire le « rapt ») sont programmées à l'usine. L'une des forces de l'agro-industrie est la possibilité qu'elle s'est donnée de programmer, sans risque d'erreur, le déroulement de l'ensemble des opérations, depuis la date de livraison des poussins jusqu'à l'heure de la tuerie des poulets.

Étienne a deux poulaillers en contrat d'intégration avec la société Doux, soit deux mille quatre cents mètres carrés de bâtiments. Voilà quatre jours que le technicien de chez Doux l'a prévenu : mercredi 4 septembre, à 1 heure du matin. Il n'y a pas à discuter. L'an passé, le ramassage avait eu lieu la nuit précédant l'enterrement de la mère d'Étienne. Cela n'émut pas les techniciens, l'enlèvement eut quand même lieu à l'heure indiquée.

Étienne doit se charger de trouver les dix « ramasseurs » nécessaires à la capture des cinquante mille poulets... soit cinq mille chacun, dix mille pattes à saisir.

Étienne, sa femme Joëlle, Jean-Pierre, un voisin. Il en manque sept. Joëlle téléphone à une équipe de spécialistes qui vont de poulailler en poulailler. Les dix seront à pied d'œuvre à l'heure convenue.

Mercredi, 1 heure, le premier camion de chez Doux se poste près du premier poulailler. Tout est prêt, les sept ramasseurs appelés sont là : quatre hommes et trois femmes. Il ne faudra pas chômer. Étienne connaît les conditions : pour toute heure de retard à l'arrivée du camion à l'usine, si ce contretemps est dû à l'éleveur, il sera pénalisé d'une « amende » de 8 500 francs. Comme il n'est pas question de payer, il faudra foncer.

On charge environ dix mille poulets par camion : ce sont donc cinq camions qui vont se relayer. Le chauffeur descend le Fenwick du camion. Cet engin sert à transporter les caisses de poulets à l'intérieur du poulailler. On place trente-deux poulets par caisse, les caisses pleines glissent dans des tiroirs à l'intérieur du camion.

Première anicroche : le camion est fort usagé, les caisses entrent difficilement dans les tiroirs. Mais, avec quelques coups de masse bien appliqués, les caisses récalcitrantes abdiquent. Le premier camion est rempli en une heure... On est dans les temps.

On ramasse les volailles la nuit. Il y a deux raisons à cela : c'est, si l'on peut dire, la technique du renard qui s'introduit la nuit dans le poulailler. Dans l'obscurité, les bêtes sont plus dociles. D'autre part, il faut que la matière première soit livrée à l'usine de bon matin, pour que la chaîne d'abattage démarre à 4 h 45, dès que les ouvriers pointeront.

Pause de cinq minutes : le deuxième camion commence déjà à se remplir.

Chaque ramasseur saisit six poulets en même temps, trois dans chaque main. C'est un exercice déjà assez difficile à réaliser pour un homme ; pour une femme comme Marie, qui approche de la soixantaine, c'est une autre affaire... Le deuxième camion est quand même chargé dans les temps, et le premier chauffeur est déjà de retour. Les chauffeurs non plus ne chôment pas ; si le retard a lieu pendant le trajet entre le poulailler et l'usine, c'est leur salaire qui est amputé !

La seule personne qui, bien entendu, n'est jamais responsable du moindre retard c'est... le patron. Pour les cadres de l'usine et les techniciens, la journée ne commence qu'à 8 h 30. Quant au directeur, ce jour-là, il se couche au moment où le troisième camion démarre : il rentre de Grenoble, où il accompagnait l'équipe de hockey sur glace (sponsorisée par la maison), pour une rencontre du championnat de France de première division. Pendant que le ramasseur de volailles gagne 55 francs de l'heure, le joueur de hockey, canadien bien souvent, touche un salaire de l'ordre de 50 000 francs : chaque poulet lui rapporte un franc, comme à Étienne. Mais ces deux mondes, ceux du poulailler et ceux du sport, ne se rencontreront jamais : ils ne sont pas situés sur la même galaxie.

On attaque le second poulailler. Nouvelle pause de cinq minutes. Le Fenwick donne des signes de faiblesse, un flexible lâche et l'huile du vérin se répand dans le poulailler. Il faut réparer... Dix minutes sont ainsi perdues, qu'on aura du mal à rattraper. Étienne s'énerve d'autant plus que Marie donne des signes de fatigue, elle ne supporte plus la cadence, ne peut plus prendre que quatre poulets au lieu de six. Les autres doivent compenser en en portant sept à chaque « transport ».

Le troisième camion est rempli avec six minutes de retard. Étienne donne 100 francs au chauffeur pour qu'il roule un peu plus vite et atteigne l'usine dans les temps. Le quatrième camion est à moitié plein lorsque Marie déclare forfait. Les deux autres femmes, pourtant beaucoup plus jeunes, commencent elles aussi à faiblir. Mais, à cette heure de la nuit, il n'est plus possible de trouver des remplaçants...

Il ne reste que six hommes « valides », et Joëlle, la patronne. Les deux autres femmes ne transportent plus que quatre poulets au lieu de six. Les hommes prendront maintenant huit poulets chaque fois.

Le quatrième camion est rempli en soixante-dix-huit minutes. Un autre billet de 100 francs au chauffeur évitera la pénalité. À 5 heures du matin, on attaque le cinquième et dernier camion. L'atmosphère commence à s'envenimer. Les trois femmes de l'équipe en ont assez.

« Il vaut mieux que vous partiez avant la fin, leur dit Étienne. On donnera votre salaire aux hommes qui vous accompagnent.

— Ah non ! on veut notre argent tout de suite.

— Non, pas de temps à perdre. »

Fâchées, elles montent dans leur voiture, en

renonçant au casse-croûte. Elles font deux kilomètres avec leur vieille voiture avant, le brouillard et la fatigue aidant, de rentrer dans le talus. La voiture est morte.

À 6 heures, tout est fini. Les délais ont été respectés. La pénalité sera évitée... Le jour se lève, la campagne bretonne s'éveille, les chaînes de l'usine ont démarré depuis plus d'une heure, six mille des poulets d'Étienne ont déjà gagné les chambres froides. Les camions bourrés d'aliments parcourent les chemins de campagne pour remplir les silos d'autres poulaillers.

Étienne et sa femme vont se reposer jusqu'à midi. Dès cet après-midi, il faudra vider le fumier et nettoyer les deux poulaillers : un travail d'Hercule. Dans six jours, d'autres poussins viendront commencer leur cycle. Il n'y a pas de temps à perdre. Depuis l'apparition de la vache folle, le consommateur mange de plus en plus de poulets. Il se sent rassuré.

Cette malheureuse affaire n'a pas empêché le revenu des producteurs de volailles de s'améliorer de 20 %, non grâce à une hausse des prix des volailles, mais parce que les sociétés ont obligé les producteurs à augmenter la densité des volailles de 20 % à l'intérieur des poulaillers. Pour répondre « à la demande des consommateurs » qui ont abandonné d'autant la consommation de viande bovine. C'est ça l'unité paysanne !

Grâce à ce pactole supplémentaire créé au détriment du bien-être des volailles (mais qui s'en soucie ?), le club de hockey de Brest et le club de football d'Auxerre vont être imbattables. Rien n'est gâché, n'est-ce pas Guy Roux ? Et vous, M. Bourgoin, quand vous dînez avec Depardieu ou à l'Élysée, ou même avec Castro à La Havane, mangez-vous de vos fameux poulets dont vous dites, à la télévision, que vous les élevez vous-même ?

Et même toi, Yves, producteur de dindes ou toi, Jacques, producteur de porcs, ne préfères-tu pas une tranche de bonne génisse charolaise que tu élèves dans le pré derrière ton bâtiment industriel ?

Décidément, quand le paraître, l'appât du gain priment sur l'homme et l'amour de la terre, il est impossible de retrouver dans l'assiette ce qui a fait jadis la renommée culinaire de la France.

Chapitre 10

De l'ESB à l'ESSAI

Mariés depuis peu, André et Céline ont la fibre paysanne. Ils sont tous deux titulaires du brevet de technicien agricole (BTA) et n'hésitent pas à « s'expatrier » en Bretagne centrale où ils louent une ferme de quarante hectares pour se lancer dans la production laitière.

On est en 1983. Pour un jeune couple, la production laitière est alors celle qui apporte le plus vite une certaine sécurité. Mais, issus tous les deux de familles modestes, ils doivent emprunter ; les vaches, les fameuses Holstein, noires et blanches, championnes en production laitière, coûtent cher. Il faut également prévoir de réaliser quelques travaux dans l'étable, acheter du matériel, un tracteur, etc. L'aménagement de la maison attendra.

Au début, tout semble réussir au jeune couple, qui envisage l'avenir avec confiance : trois enfants naissent à intervalle régulier. Mais, petit à petit, les nuages commencent à s'amonceler. Comme beaucoup, André et Céline ont trop emprunté au Crédit agricole. En 1990, leur taux d'endettement, c'est-à-dire la part des emprunts dans le capital de l'exploitation, est de 75 %. Pour rembourser les annuités, il faut que les trente vaches Holstein passent sur un autre braquet. Pour cela, le contrôleur laitier, comme son nom l'indique, vient contrôler la production des vaches laitières. Il « conseille » alors (mais est-ce son rôle ?) aux époux de forcer sur les farines composées, qui complètent la ration à base d'herbe. Le résultat ne se fait pas attendre : les vaches « pissent » beaucoup plus de lait, et, bien vite, la production dépasse les deux cent mille litres, pour atteindre deux cent trente mille en 1992.

Malgré cela, les fournisseurs et le Crédit agricole attendent toujours le paiement de leurs échéances. André et Céline entrent dans le rouge. La banque téléphone chaque jour. La situation devient obsédante. Il faut réagir. Le tribunal prononce le règlement judiciaire. Les dettes pourront être rééchelonnées. Mais cela ne suffit pas encore.

Le jeune couple prend alors des décisions susceptibles de briser un ménage : devant l'éventualité d'une faillite prochaine et le danger d'avoir à quitter l'agriculture, Céline reprend ses études et obtient un BTS.

Quant à André, il accepte un autre emploi. D'habitude, dans les fermes, lorsqu'un membre du couple travaille à l'extérieur, c'est le mari qui reste à la culture. Ici, c'est André qui devient chauffeur d'une entreprise d'abattage de volailles du voisinage. Il pourra s'occuper de la ferme le soir et le week-end.

Cet apport d'argent frais est un véritable bol d'air. Les annuités d'emprunt peuvent être honorées à échéance. Le ciel redevient moins gris. Les trente vaches produisent bien, grâce à l'herbe abondante en cette région de Bretagne, plus arrosée que le reste de la France, et aussi grâce à l'apport d'aliments achetés à une importante société, en qui Céline a toute confiance.

Au début de 1996, les journaux parlent de plus en plus d'une nouvelle maladie : l'ESB, l'encéphalite spongiforme bovine. Elle frappe les vaches laitières qui sont emportées quelques jours après l'apparition des premiers symptômes, mais en vérité plusieurs années après leur contamination : la bête se met à trembler, à perdre l'équilibre, devient agressive vis-à-vis des autres membres du troupeau. Cette maladie serait due à l'alimentation des bovins, nourris avec des farines dans la composition desquelles entraient des carcasses de moutons morts de la « tremblante », une autre maladie présentant de nombreuses analogies avec l'ESB. En Angleterre, des dizaines de milliers de vaches ont déjà été atteintes et abattues depuis 1986, date où est apparu le premier cas. La France semble relativement épargnée, quoiqu'elle ait longtemps continué d'importer des farines animales anglaises, alors même que ce type d'aliments était interdit en Angleterre. À l'origine de cette épidémie ? Quitte à passer pour obsédé par la question, il me faut bien mettre à nouveau en cause l'agriculture intensive et ses pratiques douteuses. Les parcelles agricoles étant trop petites en Angleterre, et un bovin devant manger dix-sept fois son poids en herbe avant de parvenir à maturité, on a imaginé de recourir à cette alimentation complémentaire. La farine animale remplaçait l'herbe. La vache devenait carnivore. Audacieux.

Au début du mois de mai, une des vaches de

Céline présente des signes bizarres. Elle ne reconnaît plus sa « maîtresse », ce qui est préoccupant : les vaches ont en effet la faculté de reconnaître leurs propriétaires et les personnes qui s'en occupent régulièrement. La vache paraît étrangère dans le troupeau, comme quand une nouvelle bête y est introduite. Au bout de quelques jours, bien qu'elle continue à produire du lait et à se nourrir normalement, les signes de maladie s'aggravent. Elle commence à tituber et a l'air complètement hébétée. Céline appelle son vétérinaire. S'il a, lui aussi, entendu parler de la vache folle, il ne lui vient pas à l'idée que cette vache de Bretagne centrale, si éloignée des bêtes anglaises, puisse contracter la maladie. Il conseille quand même à Céline de s'en séparer avant qu'elle ne meure dans la ferme. Mais, avant de la vendre à la boucherie, Céline — qui n'y était pas obligée — prévient les services vétérinaires des Côtes-d'Armor qui interviennent aussitôt pour effectuer une saisie de l'animal et le rendre impropre à la consommation humaine. Le cerveau est envoyé au laboratoire de Lyon pour analyse. Le verdict tombe quelques jours plus tard : la vache de Céline est atteinte d'ESB. Après une enquête rapide, il est évident que la vache a contracté la maladie en consommant les aliments que Céline achetait pour que ses bêtes aient un certain rendement. Les services vétérinaires des Côtes-d'Armor exigent alors que le troupeau entier soit abattu et incinéré !

Les époux, qui commençaient à sortir de leurs difficultés, sont frappés une nouvelle fois. Mais dotés du fameux caractère breton, ils font face. Céline discute bec et ongles avec l'administration :

elle ne laissera pas partir les vaches avant la signature du contrat d'indemnisation, la survie de la ferme en dépend. Elle obtient gain de cause, les bêtes peuvent partir à l'équarrissage, vivantes... et en secret ! Car, pour le moment, cette « maladie honteuse » doit rester cachée.

Hélas, quand le ministre britannique de la Santé révèle que l'ESB pourrait se transmettre à l'homme et provoquer la terrible et incurable maladie de Creutzfeldt-Jakob, une démence progressive encore plus grave que celle qui touche le système agro-alimentaire, c'est tout l'élevage européen qui est touché : et au premier plan, l'élevage breton.

Les médias entrent en transe. Je suis sollicité par une télévision pour essayer de défendre les producteurs de bovins. Le consommateur, en effet, est pris de panique. Depuis plusieurs années, la viande bovine se vendait moins : certains veaux aux hormones avaient déjà entamé la confiance du consommateur. Avec la crise de la vache folle, la chute, brutale, de la consommation est de l'ordre de 40 à 50 %. Les producteurs de bovins ne parviennent plus à se débarrasser de leurs bêtes.

L'ESB s'est transformée en ESSAI : encéphalite spongiforme du système agro-industriel !

Comme souvent en pareil cas, les médias ont eu tendance à simplifier l'information. C'est toute la viande bovine qui est mise au rebut, qu'elle soit issue de vaches laitières ou de bêtes à viande, alors que ces dernières n'ont jamais consommé d'aliments achetés à l'extérieur de la ferme. Les premiers producteurs frappés par la crise sont les producteurs spécialisés en viande de qualité (charolaise, limousine), qui, eux, n'ont jamais acheté d'aliments. Une fois de plus, l'agriculture traditionnelle est victime des dérives indéfendables de l'agriculture intensive. Un comble ! Le cataclysme qui s'est abattu sur les éleveurs de bovins français me paraît une injustice flagrante. Le préjudice doit être réparé, comme dans l'affaire du sang contaminé, ou dans celle de l'*Amoco Cadiz*. Aussi, le 24 mai 1996, ai-je décidé, en tant qu'éleveur et élu à la chambre d'agriculture, de porter plainte contre X, c'est-à-dire contre les fraudeurs, devant le procureur de la République de Saint-Brieuc.

La gendarmerie de Gourin m'a convoqué pour me demander d'« aider la justice », de « collaborer », en donnant les « noms éventuels » de sociétés importatrices d'aliments. Comme je répondais que je les ignorais puisque je n'en utilisais pas, on consigna ma déclaration dans un rapport qu'on me demanda de signer. Il était bourré de fautes d'orthographe : l'ancien élève de frère Alexis prit la liberté de les corriger, un gendarme m'arracha le stylo et je ne pus signer ma déposition. Depuis, plus de nouvelles. Ma plainte s'est enlisée. On fera tout, n'en doutons pas, pour qu'elle n'aille pas plus loin. Il doit bien y avoir, dans le lot des fraudeurs importateurs de farine frelatée, des coopératives dont les administrateurs sont membres du syndicat officiel... Du reste, on peut tout étouffer en France. Comme le nuage de Tchernobyl, la maladie de la vache folle a snobé nos frontières : on a importé des tonnes d'aliments anglais, mais on n'a comptabilisé officiellement que vingt-trois ou vingt-quatre vaches folles dans l'Hexagone. N'est-ce pas curieux ?

Pour essayer de limiter les dégâts provoqués par cette maladie qui frappe le système — cette ESSAI —, on continuera comme avant : on inventera le sigle VBF (viande bovine française), pour certifier au consommateur que le produit qu'on lui vend est bien français de France, et non pas britannique. Mais on omettra de préciser — détail capital — s'il s'agit de race à viande, ou de vieilles vaches laitières de réforme (70 % des ventes de viande de bœuf dans les boucheries et dans les grandes surfaces) ! Or, ce sont ces dernières, et elles seules, qui sont devenues folles. Sans parler du problème de santé publique, c'est tromper le consommateur que de lui vendre des vieilles vaches qui ne peuvent plus donner de lait, au prix des meilleures bêtes d'élevage. Les supermarchés sont contents, car cette viande, achetée à bas prix et revendue au prix du charolais, permet des marges plus importantes. Les producteurs de lait, majoritaires à la FNSEA, y trouvent leur compte, puisqu'ils se débarrassent ainsi de leurs vieilles bêtes qu'il faudrait, sans cela, donner gratis à l'équarrisseur.

On en rajoutera aussi dans la volonté d'instaurer une transparence nouvelle sans pour autant s'en donner les moyens : on rechignera à mettre en place la « traçabilité », demandée par les producteurs de viande bovine de qualité (charolaise, limousine...). Ce procédé permettrait pourtant de suivre le « parcours » de l'animal, de la ferme, dès sa conception (monte naturelle par le taureau), jusqu'à l'assiette du consommateur. Dès la naissance, le producteur fixe sur l'oreille du veau une boucle portant un numéro d'identification individuel. Lors du passage à l'abattoir, on appose sur les carcasses un « certificat de garantie » reprenant les renseignements du numéro d'identification. Ce certificat doit être mis à la disposition du consommateur chez le boucher. Il faut l'exiger, il est la preuve formelle de l'origine de la viande. Obtenir la traçabilité complète est une nécessité pour les producteurs spécialisés en race à viande. Pour cela, ils ont besoin du soutien des consommateurs. En outre, cette précaution permettrait à terme de faciliter la surveillance de l'élevage par les pouvoirs publics, à l'occasion de contrôles inopinés (il faut malheureusement en arriver là, puisqu'il y a des fraudeurs). On pourrait enfin savoir ce que mangent les bovins. Mais les producteurs de lait accepteront-ils que la viande issue de leurs vieilles vaches de réforme soit identifiable sur l'étal du boucher ?

La suite ? On peut l'imaginer sans peine : on inventera un sigle pour le veau. Les intégrateurs ont déjà rejeté VTF (veau de tradition française) auquel ils préfèrent le moins contraignant VEF (veau d'élevage français). Le consommateur ne doit pas savoir que, même s'ils sont élevés en territoire français, les veaux peuvent venir de pays où la tradition n'est pas respectée...

Pourquoi changer ce qui marche si bien ? L'un des rois des abatteurs bretons qui, dans son établissement, emploie un millier de salariés se permettra, par un brillant tour de passe-passe, de faire entrer des vaches blanches et noires dans son établissement et de les faire ressortir blanches, transformant des vaches Holstein en bœuf charolais.

Les consommateurs délaisseront encore un peu

plus le bœuf pour se rabattre sur le porc et la volaille, dont les producteurs ont augmenté leurs revenus en 1996. Ils mangeront ainsi d'autres viandes hors sol, plus nocives peut-être que les bovins qu'ils ont boudés.

On continuera à entasser les animaux dans des camps bétonnés, surveillés par ordinateur, où les bêtes ne pourraient pas survivre si on ne les gavait de médicaments vétérinaires dont les résidus se retrouveront dans... l'assiette. « Le but de l'élevage moderne, intensif, écrit le professeur Puyt, de l'École nationale vétérinaire, est de placer les animaux dans des conditions d'hygiène optimales de manière à permettre aux animaux d'atteindre les meilleures performances possibles. Un animal malade ne produit pas. » Mais les animaux élevés extensivement, à l'herbe, sont beaucoup plus sains et voient moins souvent le vétérinaire.

Tout rentrera donc dans l'ordre après une poussée de fièvre. Puis on découvrira des cochons fous, des dindes démentes, des poulets enragés.

Il n'est pas sûr, pourtant, qu'on en reste là. Pendant des siècles, l'agriculture a été la condition de la santé et du bien-être de l'homme, synonyme de vie et de civilisation. Depuis quelque temps, elle est devenue un danger. Les Français se méfient de ce qu'ils mangent : de plus en plus, ils se tournent vers les régimes végétariens — les enquêtes des magazines le révèlent régulièrement. Mais que mangeront les consommateurs, demain, quand on leur vendra ces légumes transgéniques, c'est-à-dire modifiés génétiquement en laboratoire, qu'on nous présente comme le dernier progrès ? Les tomates « améliorées » pour mûrir, paraît-il, dans de meilleures conditions, d'après les Américains qui les produisent, sont-elles vraiment, à terme, sans aucun danger ? Le consommateur aura-t-il au moins le droit d'être averti de façon visible de ces bricolages génétiques ? Les responsables de l'industrie agro-alimentaire ne semblent guère pressés de répondre à ces questions et font comme si de rien n'était, tels les dignitaires des pays de l'Est à la veille de la chute du mur de Berlin.

Paradoxalement, la crise de la vache folle peut pourtant être le miracle qu'attendait l'agriculture à visage humain. Sans doute, ceux qui ont refusé d'entrer dans le système agricole breton ne sont plus très nombreux. Mais ils relèvent aujourd'hui la tête et chaque jour leur apporte une nouvelle victoire. Même minuscule, elle est symptomatique d'un air du temps qui est en train de se modifier. L'encéphalite spongiforme du système sera peut-être vaincue un jour !

Ainsi, un ami boucher m'a récemment rapporté une anecdote significative. Depuis son ouverture, la grande surface où il travaille vendait surtout de la viande de vache laitière de réforme, provenant de fermes anonymes. Or, après l'affaire de la vache folle, elle s'aperçut que les consommateurs boudaient ses rayons et préféraient l'autre grande surface de la commune qui, tout le monde le savait, avait toujours privilégié la qualité. Aussi le premier supermarché décida-t-il d'offrir en promotion de la viande de bovins élevés à l'herbe dans la région et de le faire savoir dans la presse. Or, un beau jour, mon ami boucher reçut un coup de téléphone d'une cliente des Côtes-d'Armor — la région même où s'étaient déclarés les premiers cas de vache folle en France — qui lui posait d'innombrables questions sur l'origine de la viande en promotion, sur le pedigree de la bête et sur les références de l'éleveur. Surpris qu'une cliente se propose de parcourir plus de cinquante kilomètres pour venir acheter un bifteck, le boucher ne manqua pas de l'interroger lorsqu'elle se présenta pour prendre sa commande. Elle lui avoua que son mari était agent commercial dans une société vendant des aliments pour bovins. Si même ceux qui vivent du système commencent à douter de ses vertus, tout redevient possible.

Quant aux producteurs de lait détenteurs d'une vache folle, si leur troupeau a été expédié à l'équarrissage, ils ont été indemnisés au plus vite. Pour que le système survive, il faut les faire taire et pour cela il n'y a qu'un moyen : l'argent. Il n'est pas sûr qu'il y en aura toujours assez.

Chapitre 11

Les effets pervers du productivisme

Dans les « années lumière » de l'explosion agricole bretonne, la mode a été pendant quelque temps aux champs d'essais, de blé, de maïs, sponsorisés par des coopératives ou le Crédit agricole. On vous distribuait des casquettes publicitaires, et le tour était joué. Quand on sortait de ces rassemblements, celui qui n'arrivait pas à cent quintaux de blé à l'hectare se sentait un minable. Ah, le fameux « club des cent quintaux » en blé ! Pour faire partie de ce cercle de champions, il fallait épandre de plus en plus d'engrais, traiter trois fois plus et, si possible, par ULM : rien n'était plus ringard que le tracteur. Alors, en appliquant ces recettes, les céréaliers ont été de plus en plus nombreux, même dans la Bretagne profonde, à atteindre les cent quintaux. Il a fallu un jour inventer le « gel » en céréales, pour arrêter cette frénésie. Dans toutes les productions, on a assisté à cette compétition entre producteurs, bientôt suivie de quotas, de taxes de coresponsabilité, de gels de terre.

Cette volonté de rendre les agriculteurs bretons de plus en plus compétitifs s'est accompagnée de leur spécialisation. Aujourd'hui, un agriculteur est un éleveur de dindes, ou un éleveur de porcs, il a abandonné la polyculture, il ne se disperse plus. Ainsi s'est aggravée la division entre paysans. Un éleveur de porcs n'a plus rien de commun avec un laitier. Bien plus, les intérêts s'opposent. L'« unité paysanne » si chère à la FNSEA tombe en désuétude.

D'autres phénomènes ont accentué cette tendance. Si le remembrement, par exemple, a rendu d'immenses services à l'agriculture bretonne, il a en même temps créé de grandes tensions entre voisins. Chaque paysan est attaché à sa terre. Le remembrement qui, le plus souvent, fut réalisé d'une manière autoritaire et ne correspondait à la volonté que de quelques notables, a souvent été source de division, alors qu'un aménagement foncier fondé sur des échanges amiables aurait évité ces discordes sans fin.

Tout semble indiquer que cette agriculture fondée sur un modèle quasi unique et ayant éliminé, peu ou prou, le système traditionnel à visage humain a atteint son apogée.

Pour le moment, malgré des attaques et des échecs répétés, l'agriculture industrielle, tenue à bout de bras par la banque, se maintient en écrasant ceux qui n'entrent pas dans ses normes.

En 1984, l'instauration des quotas laitiers marque un coup d'arrêt à la production laitière, bloquée au niveau atteint dans l'exploitation. Mais cette mesure a été détournée par les plus malins. La création de groupements agricoles d'exploitation en commun

— GAEC[1] — a permis l'augmentation de la production au-delà du quota initial. Les sociétés laitières, dont le premier souci est de rentabiliser leurs outils de transformation, ont entrepris des transferts « licites »... ou « illicites » de quotas entre producteurs. Des dessous-de-table importants ont circulé. On a encore augmenté les quotas pour les éleveurs bien « syndiqués ». Seuls les plus naïfs, fraîchement installés, trop endettés, non encartés, ont souffert de la mise en place de ces quotas, alors que ce système avait été institué pour leur venir en aide.

Paradoxalement, cette mesure a sécurisé les approvisionnements pour les industries laitières. Sachant qu'un producteur de lait a dû batailler ferme pour créer son quota, et qu'il le défendra bec et ongles, l'industriel pourra baisser les prix à la production, car le producteur est plus attaché à « son » quota qu'aux prix qu'on lui propose — ou qu'on lui impose. Bien souvent, le principal est d'avoir un quota supérieur à celui du voisin.

Certains, les plus intelligents, préfèrent produire moins de lait, mais mieux rétribué, ou pour moins cher, grâce à l'herbe souvent. Leurs choix sont contraires au développement de l'industrie laitière. Mais les coopératives poussent toujours à la roue : entre bourrage de crâne et méthode Coué, la revue mensuelle *Cecab 2000*, publiée par la première coopérative du Morbihan, répète à chaque ligne ses slogans : « Le producteur doit plus que jamais être

1. GAEC : Groupement agricole d'exploitation en commun constitué en général entre père et fils avant que le père prenne sa retraite, pour ainsi permettre au fils d'augmenter son quota de lait.

performant », « ces résultats doivent nous inciter à persévérer dans notre effort de productivité », etc. D'autres ont pour souci premier le « maintien du potentiel de production ».

La discussion de la nouvelle Politique agricole commune (PAC) aurait dû endiguer cette ruée vers la production à outrance. Mais, pendant les années où cette PAC se mettait en place, c'est le silence des principaux intéressés, les agriculteurs, qui a prévalu. Noyé dans ses contradictions, le syndicat « officiel » s'est tu. La France avait largement bénéficié de l'ancienne PAC. Pendant trente ans, la course à la productivité, encouragée par les prix garantis, avait suffi à définir la fonction sociale des agriculteurs. Elle avait aussi permis à la France de devenir, grâce à l'ouverture des marchés européens et aux subventions communautaires, une puissance agro-exportatrice. La FNSEA, nous l'avons vu, a toujours encouragé cette fuite en avant. Lorsque les marchés européens furent saturés, à la fin des années 70, les agriculteurs de l'Hexagone furent sommés de produire encore plus pour nourrir le monde et remplir les caisses de l'État.

Mais, avant même la crise de la vache folle, ce système se heurtait à des difficultés croissantes qu'il ne pourra éluder longtemps.

Premier obstacle : sur des marchés mondiaux submergés d'excédents, l'écoulement des surplus européens représentait un coût budgétaire de plus en plus lourd, d'où les ajustement successifs de la PAC.

Deuxième obstacle : l'amélioration incessante de

la productivité fragilisait de nombreuses exploitations agricoles.

Enfin, exporter sur des marchés mondiaux stagnants revenait à prendre des parts de marché aux concurrents de la CEE. Les États-Unis ont alors placé la CEE devant un dilemme : ou bien elle confirmait son ambition exportatrice et devait alors participer à l'ajustement de l'offre (par des mesures de gel des terres, par exemple), ou bien elle se retirait du marché mondial. Ce dilemme a été au cœur des négociations agricoles du GATT. Il s'agit bien de définir une nouvelle cogestion entre l'Union européenne et les États-Unis, et non d'adopter un libre-échangisme que les agriculteurs américains seraient les premiers à refuser. Difficulté majeure pour la France : cette cogestion passe par une remise en cause des choix productivistes d'antan. Elle implique une pratique régulière du gel des terres. Elle conduit à s'interroger sur la viabilité de choix qui n'ont jamais été discutés au plan national : peut-on encourager sans limite l'élevage intensif alors qu'il n'y a pas de marché mondial extensible à l'infini ? L'avenir du monde rural repose-t-il sur le maintien d'une agriculture réduite à la seule fonction de pourvoyeuse de matières premières ? Les marchés mondiaux peuvent-ils indéfiniment fournir un exutoire à une surproduction européenne chronique ?

Tous les gouvernements français qui se sont succédé depuis 1980, de même que la FNSEA, ont préféré ignorer ces questions. En 1991 et 1992, aucune proposition sérieuse n'est venue alimenter le débat sur la nouvelle PAC. Il a fallu, bon gré mal gré, avaliser cette nouvelle politique après avoir frôlé une crise majeure avec les Américains... sans que les agriculteurs français aient pu peser sur les négociations. Et c'est pourquoi, trois ou quatre ans plus tard, il est nécessaire de discuter de nouvelles modifications. Il serait utile, cette fois, à la lumière des événements récents, que les agriculteurs silencieux, hostiles au système productiviste qui a entraîné leur déchéance, puissent faire entendre leur voix avant qu'elle ne se taise définitivement. Pour cela, les syndicats minoritaires doivent enfin se faire entendre et la FNSEA doit accomplir sa révolution culturelle. Mais en est-elle capable ?

Une autre difficulté, énorme, affaiblit l'agriculture industrielle : sa mauvaise image. Comment concilier, comme le disait naïvement un directeur du Crédit agricole, « les cochons et les touristes » ? Les partisans de l'agriculture industrielle auront de plus en plus de mal à rejeter les attaques des consommateurs, qui vont s'apercevoir que certains producteurs leur fournissent une nourriture de moindre qualité.

À cet égard, l'affaire de la vache folle n'a fait qu'accélérer un processus inéluctable. Certes, cette évolution risque d'être douloureuse pour la Bretagne : la plus grande part de ses productions est liée au hors sol. Parmi les premières entreprises du Morbihan, deux sont spécialisées dans l'alimentation animale (Guyomarc'h et André Glon) et dégagent un chiffre d'affaires de 6 milliards de francs. En 1994, l'élevage breton a consommé pour 16 milliards de francs d'aliments. Cette somme s'ajoute aux achats de biens et services, pour atteindre

25 milliards d'achats de consommations intermédiaires (engrais, protections des cultures...). Pour réaliser 1 000 francs de chiffre d'affaires, l'agriculteur breton acquiert pour 655 francs de biens et services qui disparaissent dans le processus de production. La moyenne française est de 330 francs. L'écart est énorme. L'agriculteur breton est obligé de produire toujours plus, parce qu'il est entré dans un processus dont il n'a jamais eu les commandes en main.

Ce productivisme a bénéficié, en premier lieu, à la distribution ; les poids lourds de l'hypermarché (Carrefour, Auchan, Leclerc, etc.) vendent 70 % de la viande en France, et 80 % de la viande de dindes ! Face à ces mastodontes du commerce, les producteurs français n'ont plus aucun pouvoir.

L'offre dépasse largement la demande. De 1985 à 1991, la marge brute des rayons boucherie des grandes surfaces a augmenté de 51 % pour la viande bovine, soit 30 % de plus que l'inflation, alors même que le prix s'effondrait à la production. Au cours de cette période, elle a augmenté de 69 % sur le bœuf à griller, et de 124 % sur le veau. Les grandes surfaces dictent leur loi aux fournisseurs. Certaines, même, commencent à racheter des élevages. L'agriculture française sera, demain, la victime désignée des rapaces de l'agro-business.

Si ces raisons ne suffisaient pas à mettre un coup d'arrêt à cette folle course au rendement, les contraintes de l'environnement viennent rappeler à l'homme qu'on ne peut impunément jouer avec la nature. Si les paysans n'ont plus de lien affectif avec la terre, ils doivent impérativement le reconstituer. Outre la désertification, les difficultés morales que connaissent les paysans, l'agriculture industrielle a causé d'immenses dommages à la nature. Pendant la marche forcée vers le « septième ciel » agro-industriel, seuls quelques illuminés ou retardés ont osé parler de ce problème. L'écologiste était alors souvent décrit comme le pire ennemi de l'agriculteur, et vice versa. Depuis deux ou trois ans, les termes « nitrates », « pesticides », « mises aux normes des bâtiments d'élevage », « plans d'épandage » sont cependant devenus familiers aux oreilles des paysans bretons. Ou des consommateurs parisiens.

Les pesticides ont été (et sont) abondamment employés par l'agriculture industrielle. Le maïs, qui couvre un quart de la surface utile bretonne, en est grand consommateur. Ces produits, destinés à éliminer les insectes et autres nuisances qui pourraient détruire les cultures, sont également très dommageables, hélas, pour la santé humaine ! En raison de leur persistance dans l'environnement, ils posent de graves problèmes de toxicité, en particulier à travers la contamination de l'eau.

Lorsqu'ils entrent en contact avec l'organisme, ils peuvent se révéler redoutables. Une étude médicale et statistique menée à Besançon par le docteur Viel a mis en évidence que les cancers dus à ces pesticides sont plus fréquents chez les agriculteurs que dans les autres catégories de la population. Ainsi, les paysans n'ont plus même le bonheur de se dire libres, au contact de la nature : leur campagne est plus polluée que l'asphalte des villes ; ils n'osent plus boire l'eau de leurs sources.

D'autre part, la terre de Bretagne ne peut plus absorber les déchets des élevages industriels en hors sol. La Bretagne ne couvre que 6 % de la surface agricole française, mais elle produit annuellement douze millions de porcs et cent millions de volailles, soit la moitié de la production animale française !

Les lisiers de porcs et de volaille sont gorgés de nitrates qui, après épandage, se retrouvent dans l'eau des ruisseaux qui arrosent les campagnes, avant d'aboutir sur les plages, formant des marées d'algues vertes nauséabondes.

Certains sols bretons reçoivent cinq fois plus d'azote que nécessaire, car les productions d'animaux sont quotidiennement à l'origine de deux cent mille mètres cubes de déjections utilisées comme fertilisants. Or, en Bretagne, faute de nappes souterraines, l'alimentation en eau provient pour 80 % des eaux de rivière. La norme européenne de potabilité est de cinquante microgrammes au maximum de nitrates par litre d'eau. Au-delà, l'eau devient dangereuse pour les nourrissons et les femmes enceintes. Or, il faut bien le dire aujourd'hui, la quasi-totalité de l'eau bretonne frôle ou dépasse cette norme, et certaines communes ont déjà dû interdire la consommation de l'eau du robinet.

On a pu lire, récemment, un gros ouvrage intitulé *Les Nitrates et l'homme, le mythe de leur toxicité*, signé de deux médecins de Caen, Jean et Jean-Louis L'Hirondel, qui contestent toutes les évidences scientifiques admises en Bretagne. Pour ces deux savants, les nitrates ne sont responsables ni de la méthémoglobinémie du nourrisson ni du cancer de l'estomac. On se confondrait d'admiration si cet ouvrage n'était publié par l'Institut de l'environnement, association créée en 1991 par les industriels agro-alimentaires bretons et les coopératives. Son directeur ? C'est le fils de l'un des magnats de cette industrie. La boucle est bouclée.

Les nitrates représentent donc une entrave sérieuse au développement de la production en Bretagne, et sont devenus le cauchemar des partisans de l'agriculture intensive. Le président de la FNSEA du Morbihan, Yannick Le Goff, a beau déclarer que son « organisation n'entend pas accepter une diminution de la production », le ministre de l'Environnement bloque des dossiers d'installation ou d'extension dans certaines zones de Bretagne, tant que la pression des nitrates ne s'atténue pas.

La région a en effet été quadrillée en zones : les zones « sensibles », les zones en « excédents structurels », les zones « non excédentaires » en nitrates. Presque toute la surface bretonne est classée dans les deux premières catégories. Les critères de classement prennent en compte le nombre d'animaux présents sur une surface définie, le canton. Dans les cantons sensibles, la dose d'azote épandue dépasse deux cent dix kilos à l'hectare. Dans les cantons d'excédents structurels, on en est à cent soixante-dix kilos à l'hectare.

Les quelques cantons « moins azotés », là où les paysans n'ont pas suivi les « conseils » des trente dernières années, sont très convoités, ce qui entraînera assez vite l'ensemble des cantons bretons en excédents d'azote ! On voit fleurir depuis quelque temps dans les revues professionnelles des annonces qui s'apparentent aux célèbres « *Wanted* » du Far West. Ainsi la Cecab, affirmant sa « volonté de faire plus pour l'élevage », montre un cochon en tirelire dans lequel tombent six pièces de 20 francs (ce qui, soit dit en passant, prouve la modicité du profit qu'on peut retirer de ces combinaisons, pour lesquelles il n'est même pas question de billets de banque...). « Gagnez plus », clame l'annonce en très gros caractères. Et, en plus petit : « Avec 20 ha épandables et 2 heures de travail par jour. Intéressé ? Contactez-nous au... » La campagne bretonne finira-t-elle asphyxiée, empuantie par les effluves de ces champs d'épandage ?

Selon la FNSEA du Morbihan, « l'application de la norme de cent soixante-dix kilos d'azote à l'hectare entraînerait une réduction de 25 % de la production porcine départementale et de 30 % de la production avicole. Dans le canton de Locminé (un des plus "pollués"), cela ferait douze mille truies à enlever ».

Le programme de résorption des excédents de déjection animale coûtera cher à tout le monde : aux agriculteurs, qui doivent améliorer leurs bâtiments pour éviter les écoulements de leurs animaux, mais aussi à la collectivité. Un tiers des dépenses est supporté par l'agriculteur qui met ses bâtiments aux normes, les deux tiers restants par l'État. Les plus gros élevages, les plus polluants, seront les premiers à devoir se « mettre aux normes » et seront donc les premiers et, peut-être, les seuls (car les fonds manqueront) à bénéficier des largesses de l'État. Celui-ci ferait pourtant mieux de favoriser les produits de qualité au lieu d'aider le hors sol à sortir de la situation catastrophique où il s'est sciemment placé. Le seul moyen d'améliorer l'environnement en Bretagne ? Ce serait de diminuer la production et particulièrement tout ce qui est lié au hors sol justement. Mais les piliers de ce système pervers ne veulent évidemment pas en entendre parler.

Chapitre 12

Échapper à son destin

Qui sont les paysans aujourd'hui ? Sont-ils bien préparés à exercer leur métier ? Peut-on remplacer ceux qui sont partis ? Pour qui connaît la question, les réponses sont faciles.

En Bretagne par exemple, seuls 7 % d'entre eux ont un niveau d'études supérieures. Mais faut-il vraiment que ce pourcentage augmente ? Oui, sûrement. Quand on a suivi des études, on est beaucoup moins docile. Mais à quelles études peuvent prétendre les enfants d'agriculteurs ?

Le premier « piège » qui guette un paysan, c'est ce qu'on pourrait appeler le destin, le fait de naître dans une famille d'agriculteurs. Comme il est difficile de renoncer à cette vie au contact de la nature, des animaux, dans l'intimité des saisons ! Comme il est enivrant de se promener loin des bruits de la ville et de ses mirages ! La campagne, elle, ne trompe pas l'enfant ou l'adolescent. Les animaux de la ferme le connaissent, le moindre recoin de l'exploitation lui est familier, il y trouve ses marques. En ville, il s'ennuie. Quand j'étais en pension, je n'avais qu'une hâte, retrouver mes lapins et mes chiens. Au printemps, on allait chercher des nids, on attrapait des papillons... L'été était parfumé par le foin. L'automne, c'étaient les châtaignes et les parties de chasse. L'hiver, la neige, les traces d'animaux sauvages, le feu dans la cheminée...

Ces trésors, on ne les rencontre pas en ville où tout est « fabriqué », factice, indifférent. L'enfant de la campagne ne s'y retrouve pas, il s'ennuie avec les enfants de la ville ; son caractère se trempe dans les difficultés de ses jeunes années : il apprend que la nature ne s'apprivoise pas facilement. Son corps et son esprit se durcissent. Ce n'est pas pour rien que la plupart des champions cyclistes, qui pratiquent un sport réputé pour sa dureté, se recrutent dans les rangs des fils de paysans.

Au moment de choisir leur voie, vers 15 ans, certains se dirigent vers l'école d'agriculture. Ils mettent, sans le savoir, le doigt dans un engrenage.

Jusqu'aux années 50, et sauf de rares exceptions dans les familles aisées, les enfants d'agriculteurs ne manifestaient que peu d'intérêt pour la formation scolaire. Dans une agriculture qui utilisait peu de capital et beaucoup de travail, les enfants représentaient une main-d'œuvre qu'il fallait utiliser au plus tôt. Le métier était transmis par la famille. C'est elle qui se chargeait de l'apprentissage. Puis la situation s'est modifiée, à mesure que s'accélérait l'édification de la société industrielle. Celle-ci exige une plus grande redistribution de la population active. Pour assurer son développement industriel, la France manquait de main-d'œuvre. L'industrie allait recruter dans la paysannerie.

Les familles des petites exploitations ont alors

intériorisé la nécessité de départs massifs et se sont trouvées confrontées à la question du placement d'une grande partie de leurs enfants hors de l'agriculture. De nouvelles orientations scolaires ont vu le jour avec l'avènement d'une croissance économique exceptionnellement rapide.

Rompant avec leur attitude de réticence, sinon d'hostilité, bien des familles en viennent à demander à l'école de fournir à leurs enfants à la fois le goût et les moyens de partir. En même temps, elles ont de plus en plus de facilité pour les scolariser : on crée des collèges en zone rurale, on organise des transports scolaires, on réforme l'enseignement secondaire agricole. Celui-ci a pour mission non seulement de former les nouveaux travailleurs de la terre, mais de faciliter l'accès aux nouveaux emplois des secteurs « para-agricoles ».

Dès lors, l'école va vider les campagnes, l'exode rural va s'amplifier, notamment pour les filles. Cette fois, ce n'est pas la misère qui pousse à partir : c'est le savoir. Mais l'examen des faits montre que, si bien des enfants d'ouvriers agricoles ou de petits et moyens paysans ont été suffisamment instruits pour ne plus vouloir rester à la terre, ils ne l'ont pas été assez pour pouvoir accéder à un emploi autre que celui d'ouvrier ou de petit employé.

Éliminés, dans leur grande majorité, des cycles longs, les jeunes ruraux sont très largement accueillis dans les formations professionnelles courtes et sur les voies dites de « relégation ». S'ils passent plus de temps à l'école qu'autrefois, ils n'accèdent pas pour autant aux filières les plus riches en débouchés. Un ami enseignant me disait que la motivation des élèves était faible : ils savent qu'il y aura toujours, en cas d'échec, une ferme à reprendre !

Dans son livre *La France et les Français*, l'historien Philippe Ariès rappelait que « les esprits éclairés du XVIIIe siècle s'opposaient à ce que l'on crée trop d'écoles, estimant qu'à trop apprendre, le peuple abandonnerait les métiers manuels et productifs, qu'on ne trouverait plus de paysans ni d'ouvriers ». Or, deux siècles plus tard, ce système scolaire paraît suffisamment diversifié pour inciter les jeunes à abandonner leur condition de petit paysan et les orienter vers la condition ouvrière. En les constituant comme clientèle privilégiée des cycles professionnels courts, l'enseignement prépare beaucoup d'enfants de la campagne à devenir des manuels, mais hors de la production agricole traditionnelle.

Selon les statistiques, plus le niveau d'instruction est élevé, moins on reste à la terre. Cette donnée est d'une importance capitale. La matière grise ayant déserté les campagnes, ceux qui y restent n'ont pas de responsables dignes de ce nom pour les défendre. En revanche, l'industrie agro-alimentaire, le Crédit agricole, les centrales d'achats peuvent recruter de beaux esprits et dicter leur loi à des producteurs a priori soumis. Cela se vérifie chaque jour.

Pendant la grande période du développement agricole, de 1960 à 1975, on a assisté à des installations de jeunes diplômés, dont certains possédaient même des diplômes supérieurs non agricoles. Depuis le milieu des années 70, on n'en voit plus aucun tenter l'aventure. Pourtant, quelles que soient les caractéristiques de l'outil de production, la compétence du chef d'exploitation est un élément clé de sa réussite.

Cette compétence comporte trois éléments : la capacité à produire, la capacité à gérer, la capacité à s'adapter.

La capacité à produire est innée chez un jeune agriculteur, quel que soit son potentiel intellectuel. Je dirais même que plus celui-ci est bas, plus il produira ! Pendant longtemps, cette capacité à produire a suffi. Pendant les bonnes années agricoles, taux d'inflation élevés et taux d'intérêt réduits encourageaient la production. Aujourd'hui, à 12 ou 13 ans, un fils de paysans sait déjà travailler, si ses parents ne l'ont pas dégoûté d'un métier qui leur coûte tant de souffrances.

La capacité à gérer implique des décisions à plus long terme. Elle est devenue indispensable pour celui qui a la véritable responsabilité d'une exploitation. À mon avis, seuls les titulaires d'un BTS ou plus disposent d'un tel avantage. Les autres abandonnent la gestion à du personnel extérieur à l'exploitation : technicien de coopérative, comptable, contrôleur laitier... Ces agriculteurs, soumis aux décisions extérieures, ont perdu l'élément essentiel qui retenait encore quelques jeunes à la terre : l'esprit d'indépendance, la possibilité d'être « son » patron.

Enfin, la capacité à s'adapter est nécessaire pour le chef d'exploitation qui souhaite transformer son entreprise, ou qui sera contraint de le faire par l'environnement économique. Cette adaptation est souvent rendue plus difficile encore qu'auparavant en raison de la spécialisation des producteurs. La polyculture, la diversification d'antan permettaient certaines adaptations au marché. Aujourd'hui, un producteur de porcs de 40 ans peut difficilement se transformer, du jour au lendemain, en producteur de dindes, alors que toutes les productions sont ou seront un jour en crise.

Le système mis en place dans les trente dernières années demande beaucoup à un jeune qui désire épouser ce métier. Quand il dispose de cette panoplie d'avantages, manuels et intellectuels, il trouvera un emploi plus facile et plus rémunérateur en ville.

En Bretagne, celui qui s'installe le fait de plus en plus tard : 25 ans en 1978, 27 ans en 1992. Il est frappé d'une curieuse « maladie » : le célibat, car plus encore que les jeunes gens, les jeunes filles ont fui la campagne. Aussi les deux tiers des jeunes qui s'installent sont-ils célibataires. Beaucoup refusent cette forme d'échec et préfèrent renoncer à cette profession.

Les agences matrimoniales ont une bonne clientèle de ruraux. La difficulté que rencontrent ces agences pour « caser » les agriculteurs est révélatrice de leur particularisme social. « On ne leur cache pas que pour eux ce sera difficile », glisse ce responsable d'une agence.

Un autre se veut définitif : « Les marins-pêcheurs et les agriculteurs sont incasables. Plutôt un fonctionnaire, avec les heures fixes, la sécurité d'emploi, un travail propre ; la femme n'a plus envie de se compliquer la vie au derrière des vaches. »

Aussi, les seuls jeunes qui s'en tirent relativement bien sont ceux dont les parents, restés à la ferme, peuvent leur donner un coup de main. Cette main-d'œuvre gratuite et consciencieuse leur permet de respirer un peu. Mais les difficultés deviennent quasi insurmontables quand les parents ne sont plus là et que l'agriculteur atteint les 40 ans. À cet âge, il sait bien qu'il ne pourra plus convoler, et qu'il n'aura pas d'enfants : à quoi bon, dans ces conditions, se tuer au travail, si on ne le fait que pour soi, à quoi bon développer une exploitation qu'il faudra abandonner au moment de la retraite, quand il n'y aura pas d'enfant pour la reprendre ? Si les agriculteurs ne peuvent plus se reproduire, le problème agricole sera vite résolu. À moins que les citadins, les banlieusards, ne décident de se lancer, à leur tour, dans l'aventure, et de racheter les fermes en déshérence. Ce serait le début d'un improbable « exode urbain ».

Comme le dit ce chanceux ayant enfin trouvé l'âme sœur, après beaucoup d'efforts : « On a l'impression de rentrer dans un tunnel et de ne jamais s'en sortir. La solitude, il faut l'avoir vécue pour savoir ce que c'est. » Quand on vit à la campagne, les bains de foule sont proscrits. « Dans notre métier, on peut passer des journées entières seul. Le plus dur, c'est le soir, quand on rentre dans une maison vide. »

Les adeptes des deux agricultures, industrielle ou traditionnelle, semblent également frappés par le célibat. Les premiers n'ont pas le temps et, souvent, leurs sujets de conversation sont limités, tournant toujours autour de « leur production ». Rares sont les jeunes filles qui rêvent qu'on leur parle, des heures entières, jour après jour, de cochons ou de tonnes à lisier ! Quant au partisan de l'agriculture traditionnelle, il paraît arriéré. Comment envisager l'avenir avec quelqu'un qui a l'air de regarder toujours vers un passé disparu ?

Un autre danger guette l'agriculteur célibataire : l'alcool. Les départements bretons sont malheureusement frappés de plein fouet par ce fléau. Il y a quelques années, le préfet du Morbihan avait fait installer au bord des départementales des pancartes annonçant que, ici, les routes « tuent » à cause de l'alcool ! C'était, sans aucun doute, une excellente publicité pour l'image de marque de la région. Je lui avais écrit que ces épitaphes semées le long des routes ne diminueraient pas l'alcoolisme, qu'il vaudrait mieux s'attaquer aux causes de ce fléau, et que l'une de ces causes était le célibat. L'agriculteur breton, dominé par une industrie impitoyable, méprisé par les gens des villes, délaissé par les femmes, ne redevient un homme que quand il a bu. C'est à cette réussite que l'a conduit le productivisme : un suicide lent, mais inexorable.

Chapitre 13

Vous avez dit « miracle breton » ?

Sur les routes de Bretagne, on croise depuis quelque temps des remorques flambant neuves pompeusement baptisées « Remorques Turbo ». Ainsi les paysans rentrant des champs peuvent-ils se prendre pour Alain Prost. L'utilité de ces engins, qui ne sont pas donnés, reste à prouver. Mais on préfère ici s'endetter plutôt que de passer pour un « plouc ». Être ou paraître : le choix est bientôt fait. Quant à moi, pour ne pas être en reste, j'ai pris une bombe de peinture et marqué, sur ma vieille remorque : « Turbo » et, entre parenthèses : « (Payée) ».

Les « journées portes ouvertes » qu'on organise dans les fermes depuis plusieurs années sont le meilleur exemple de cette vanité sur laquelle repose le « miracle » agricole breton de cette fin de siècle. On se rend à la ferme comme on va au musée : en famille, béat d'admiration. Ce qu'il y a à voir ? Une étable, un poulailler ultramoderne, une porcherie de quatre cent quarante-huit places, une fumière de quatre cents mètres carrés, un « bâtiment neuf, fonctionnel et aux normes », comme disent ces messieurs de Paris. Les éleveurs de la région se pressent, intéressés par la salle de traite automatisée comme par le buffet où l'on prend un verre et un casse-croûte offerts par la coopérative.

L'agriculteur qui ouvre ses portes atteint l'extase quand ses visiteurs (si possible de futurs bâtisseurs, prêts à investir dans ce genre d'équipement, mais surtout des représentants de la banque et des techniciens de la coopérative), arrivés en autocar, débarquent dans sa cour : on lui remettrait le Nobel ou le maillot jaune à la dernière étape du tour de France qu'il ne serait pas plus fier, l'imbécile ! Les journaux locaux consacrent à ces journées des articles abondants. Ils n'omettent en général qu'un détail : le prix de ces constructions, qui avoisine les 1,5-2 millions de francs, et le montant du remboursement des annuités au Crédit agricole. Pourquoi gâcher la fête ?

Il y a trente ans, l'agriculture bretonne n'avait pas de quoi pavoiser. On n'était déjà plus au temps des Bécassine, mais la région était en retard du point de vue de la production. Je ne peux m'empêcher, aujourd'hui, d'avoir un peu la nostalgie de ce prétendu sous-développement.

La ferme de mon enfance ne ressemblait guère à celle d'aujourd'hui. Au lendemain de la guerre de 14-18, mon grand-père, Jean, s'était installé dans le Morbihan. Né en 1880, à Scaër, dans le Finistère, il décida, en 1910, de louer une ferme, assez grande dans une région où la moyenne, au début du siècle, était de quinze à vingt hectares. Kerbiquet Land : comme son nom l'indique, cette ferme n'était alors qu'une lande, et il n'allait pas falloir ménager ses efforts pour la mettre en état. Mais, à cette époque, les campagnes bretonnes ne manquaient pas de bras solides. En quelques années, aidé de trois ouvriers, il en fit la meilleure exploitation de la région.

À son arrivée à Kerbiquet Land, mon grand-père avait pris soin d'établir un bail de neuf ans. Il n'était pas rare, alors, que le locataire soit obligé, pour des broutilles, de quitter les lieux, sans indemnité. C'est ce qui arriva à Basile, le voisin. Après avoir remis en l'état une ferme de trente-cinq hectares, il fut prié de partir, au bout de trois ans, sans autre forme de procès ! La précaution de mon grand-père lui permit d'être plus serein.

La Grande Guerre avait tout désorganisé : la France avait faim. Pour qui savait saisir sa chance, l'avenir était plein de promesses. Mon grand-père allait produire : des pommes de terre, des moutons, quelques bêtes à viande. Il avait aussi planté des pommiers à cidre qui donnaient une dizaine de barriques de deux cent cinquante litres. Douze chevaux abattaient le travail qu'accomplissent aujourd'hui les tracteurs. En ce temps-là, le nombre de chevaux dans une ferme déterminait la « capacité » et la « richesse » de l'exploitant ils n'étaient pas la propriété d'autrui.

En 1936, il s'essaya à une nouvelle culture : les petits pois. Il sema quatre hectares, ce qui, pour l'époque, était considérable. Au mois de juillet, quand les jours sont plus longs, près de deux cents personnes des environs convergeaient pour la récolte. La cueillette pouvait s'étaler sur un mois ;

la plupart des cueilleurs étaient des jeunes de la région ; beaucoup dormaient le soir dans le foin et la paille. Mon grand-père prenait soin de séparer les filles des garçons. Mais, la nuit, toute surveillance était vaine... Combien de couples se formèrent ainsi dans les granges ? Le lendemain de ces nuits agitées, l'ambiance était torride dans les rangs de petits pois. Mais il ne fallait pas mollir : les cueilleurs étaient payés au rendement, et le casse-croûte était fourni au bout du champ.

En 1936, les quatre hectares de pois permirent à mon grand-père d'acheter une autre ferme de trente hectares, et de construire une grande maison dans le bourg voisin. Aujourd'hui, il faudrait quatre cents hectares de pois soit cent fois plus pour amasser une telle fortune, à raison de 3 000 ou 4 000 francs nets à l'hectare !

Aux mois de septembre-octobre, les hommes coupaient, à la faucille, la bruyère servant à la litière des animaux. Cette pratique avait encore cours au début des années 60.

En plus de ses trois ouvriers, il employait deux bonnes, nourries et logées, qui, avec ma grand-mère, s'occupaient de la maison et de la traite des vaches — à la main, bien sûr ! Il n'y avait que quinze vaches : la traite demandait cependant une heure de travail matin et soir, 365 jours par an. Le lait servait à fabriquer le beurre à la ferme. Le « petit-lait » nourrissait les cochons. À cette époque, la viande du porc était savoureuse.

Les servantes de ferme devaient aussi s'occuper des repas pour tous ceux qui travaillaient sur l'exploitation. Dans leurs menus entraient en général le lard des cochons, des pommes de terre, de la bouillie d'avoine. Le dimanche, un poulet était prélevé dans la basse-cour.

Vint la guerre de 39-45 ; mon père et mon oncle André, restés à la ferme, furent mobilisés. Après la guerre, mon grand-père leur abandonna de plus en plus les rênes. Mais cela venait un peu tard. Mon père ne sut pas maintenir le potentiel de la ferme.

On jugera de l'état des campagnes bretonnes d'alors en pensant que la ferme de mon grand-père était, dans la région, un modèle de bonne gestion. Pendant mon enfance, mon père pouvait encore payer trois salariés et une employée, un peu « demeurée », qui ne savait ni lire ni compter, oubliait régulièrement des vaches dans les champs. Cela ne dura pas, car il n'innova guère et il était doté d'une certaine naïveté : il donnait son fumier au voisin, si bien que ses terres n'étaient pas engraissées. Bientôt, les champs se couvrirent de ronces et de genêts. En 1977, lorsque je repris l'exploitation, elle était exsangue, alors que l'agriculture bretonne était, elle, en plein boom.

Il a suffi de quelques années pour accomplir cette révolution et transformer la campagne de Bretagne, autrefois bruissante de voix, en une vaste usine silencieuse, compétitive et polluante. Naguère, les champs étaient plus petits : dans les talus se réfugiaient une foule d'écureuils ou d'oiseaux, grives, merles, mésanges ou geais. Les bulldozers ont tout culbuté. L'histoire de l'agriculture ne s'écrit plus avec des hommes et des animaux : elle se comptabilise avec des statistiques.

Cette évolution concerne les quatre départements bretons, dont les résultats sont spectaculaires. Depuis 1970, par exemple, les Côtes-d'Armor n'ont pas seulement changé de nom : elles ont multiplié leur « chiffre d'affaires » par 8[1]. Désormais, les anciennes Côtes-du-Nord se classent au deuxième rang après la Marne (au premier si l'on ne prend en compte que le hors sol), avec une forte expansion des légumes et des cultures fourragères, une vigoureuse industrie agro-alimentaire, une production laitière de premier plan. Mais cette irrésistible ascension risque d'être freinée par des problèmes d'environnement.

Le Finistère se classe troisième parmi les départements agricoles, avec 10,5 milliards de chiffre d'affaires en 1991, et 3,9 milliards de valeur ajoutée brute. Nulle part on n'a vu s'installer plus de jeunes au cours des dix dernières années (4 000 premiers prêts d'installation en dix ans). L'agriculture du Finistère a bénéficié de l'ascendant de fortes personnalités, dont le fameux « paysan directeur général », M. Gourvennec, partisan de l'agriculture ultra-libérale. Malgré ces succès, la FDSEA, qui a orchestré cette croissance, a été battue aux élections des chambres d'agriculture en 1995. De nombreux agriculteurs se posent apparemment la question de savoir si leurs sacrifices sont justement récompensés. Tout ce qui brille ne serait-il pas d'or ?

Malgré un départ plus laborieux, le développement agricole s'accélère également dans le Morbi-

1. Ce chiffre est fourni par la chambre d'agriculture.

han. C'est le département du lait, de la viande, du hors sol (porcs, volailles), des légumes de conserve autrefois réservés à l'ouest du département mais aujourd'hui étendus à son ensemble, grâce à l'irrigation (ou à cause d'elle)... Le chiffre d'affaires y a aussi été multiplié par huit en vingt et un ans.

En Ille-et-Vilaine, premier département français pour la production laitière, les agriculteurs ont souvent associé le lait aux porcs. La traite des vaches, pourtant très contraignante, devait leur laisser des loisirs... Beaucoup se sont également lancés dans un élevage qui connaît des difficultés croissantes : les taurillons. Autour de Saint-Malo existe une zone spécialisée dans les pommes de terre nouvelles et les choux-fleurs. Mais ces exploitations, souvent victimes de crises de surproduction, sont maintenant menacées par la concurrence de nouvelles régions. Son chiffre d'affaires n'y a été multiplié « que » par six.

Cependant, ces chiffres triomphalistes doivent être assortis de mille réserves. Ainsi, ces prouesses bretonnes ont été réalisées avec le concours d'un nombre d'agriculteurs de plus en plus restreint. Plus les vaches se multipliaient dans les campagnes, moins on y croisait de paysans. Dans ma jeunesse, on entendait chanter, siffler, derrière les haies. Les gens étaient heureux de travailler. Aujourd'hui, plus personne ne chante : les agriculteurs sont tristes, car ils sont seuls. Pendant que la production battait des records, près de trois agriculteurs sur cent, en moyenne, abandonnaient chaque année leur exploitation dans le Morbihan (les chiffres sont hélas similaires dans les autres départements bretons). La réussite économique s'accompagnait d'un incroyable gâchis humain. Et l'exode s'accélère. De 1988 à 1993, une exploitation bretonne sur trois a disparu. Le chômage, lui, ne cesse d'augmenter.

Dans le Morbihan, on ne compte plus que seize mille exploitations : c'est un tiers en moins par rapport à 1988. Mais la situation est plus catastrophique encore en Ille-et-Vilaine, dans le Finistère, ou dans les Côtes-d'Armor.

En outre, les exploitations restantes devront produire de plus en plus pour maintenir leur « potentiel de production » comme l'exige le syndicat officiel. Le nombre élevé d'agriculteurs âgés de plus de 50 ans et le peu d'empressement des jeunes à s'installer n'annoncent aucun rajeunissement de la profession. Comment trouver, dans ces conditions, l'enthousiasme et le ressort pour entreprendre ? Il n'est pas rare de voir des paysans s'épuiser au labeur du matin au soir, à 65 ou 70 ans. Leur ferme a été mise au nom de leur femme, qui est un peu plus jeune. Il faut dire que la retraite à 60 ans ne leur permet pas de faire des folies : après avoir trimé à la ferme pendant trente ans, ma mère touche en tout et pour tout 2 164 francs de retraite par mois. Moins que le RMI !

Quant aux ouvriers agricoles, c'est une espèce en voie de disparition. Je me souviens de l'époque où une ferme moyenne employait deux ou trois salariés. Aujourd'hui, quand vous vous trouvez à deux dans une ferme (ce qui est mon cas), c'est comme si vous preniez un bain de foule ! Que dire d'un « progrès » qui, pour treize éleveurs, ne permet d'embaucher qu'un salarié, comme le révélait *Le*

Paysan breton du 17 mai 1996 ? Cela doit représenter à peine deux journées de travail par mois dans chaque élevage !

À un ami producteur de porcs qui se lamentait de ne trouver personne à engager, je répondis un jour que, dans le temps, l'agriculteur payait des salariés pour travailler sur son exploitation, mais qu'aujourd'hui il en entretient quarante ou cinquante (c'est le nombre d'emplois que crée un jeune agriculteur qui s'installe !) à bourlinguer sur les routes de campagne, dans les bureaux et dans les usines.

Par ailleurs, cette montée en puissance de l'agriculture bretonne s'est réalisée au détriment d'autres régions françaises. La part de l'agriculture bretonne dans le chiffre d'affaires national est passée de 8,73 % en 1970 à 13,30 % en 1994, soit un gain de 4,57 % et une augmentation totale de 56 %. Pourtant, combien de fois ai-je entendu cet argument massue : « Si on ne le fait pas, les autres le feront. » Ce chantage a porté ses fruits. Mais ce raisonnement est d'autant plus spécieux que ce sont les Bretons qui ont délocalisé en leur faveur...

J'entends encore le directeur de ma coopérative de légumes me dire, après la chute des prix de 25 % en 1993, que si les producteurs de légumes bretons refusaient de produire, les gens du Sud-Ouest les remplaceraient. Or, en 1995, quelle ne fut pas ma surprise en découvrant que ce même directeur expédiait des légumes bretons pour alimenter l'usine de la coopérative installée dans le Sud-Ouest, les producteurs du cru ayant refusé de travailler à des tarifs de misère !

Et la machine, qui s'emballe, risque de ne pas

s'arrêter là. On a vu des paysans bretons se lancer (sans grand succès, il faut le reconnaître) dans la production de foie gras, alors que le Sud-Ouest fournit largement la clientèle française. D'autres ont démarré des productions de kiwis, de bisons, d'autruches, de pigeons. Les tomates en branches de Bretagne remplacent celles de Sicile. Il ne nous manque plus que deux productions : la vigne et le tabac. Mais je suis sûr que les économistes et les techniciens ont déjà réfléchi à la question : il suffirait de réchauffer l'atmosphère ou de bâtir des serres. Demain, on plantera, s'il le faut, des oliviers et des dattiers dans les Montagnes noires.

Le palmarès de l'agriculture bretonne est pourtant impressionnant. M. Duthion, responsable du service statistique à la Direction régionale de l'agriculture de Bretagne, le rappelle : « La ferme bretonne dépasse, en production, toutes les autres. »

La Bretagne est la première région légumière de France. En viande bovine, elle arrive en deuxième position derrière les Pays de Loire. Elle est la première région laitière : l'éleveur breton livre en moyenne cent soixante-dix mille litres par an, soit plus que l'éleveur moyen français qui se contente de cent quarante-sept mille litres. Elle conforte également sa position de première région productrice de viande porcine. Elle constitue, de très loin, la première zone d'élevage de volailles en France. Avec 7,1 milliards de francs, la valeur totale de la production régionale d'œufs et de volailles représente 30 % des livraisons nationales. Plus de 43 % des œufs français sont produits en Bretagne. Elle est au premier rang de la production de dindes.

On n'en finirait pas de citer des chiffres mirobolants, et l'on pourrait s'attendre à voir les producteurs bretons, si compétents, si productifs, rouler sur l'or. Mais observe M. Duthion, « le problème permanent de l'agriculture bretonne est la faiblesse du taux de valeur ajoutée dégagée et le niveau des résultats individuels des exploitants. La production agricole finale est obtenue au prix de consommations intermédiaires très élevées. Le taux de valeur ajoutée ne s'élève qu'à 31,7 % au lieu de 52 % pour le reste du pays ». Autrement dit, produire autant coûte cher.

Si l'on considère le résultat moyen par actif agricole breton, les chiffres sont tout de suite moins glorieux. Sur ce plan, le premier département breton, le Finistère, se place au trente-neuvième rang français, et le Morbihan au soixante-seizième ! À quoi bon consentir autant d'efforts si le résultat doit être aussi minable ? Tout le monde, il est vrai, n'a pas à se plaindre du système : le Crédit agricole, l'industrie agro-alimentaire et le portefeuille du consommateur (pour ce qui est de son palais, c'est une autre affaire !) y trouvent leur compte. Cette politique de développement effréné s'est réalisée en Bretagne au détriment des seuls paysans.

Mais rien n'y fait. Alors que les installations se font rares et les départs nombreux, la production continue de progresser dans le Morbihan. En 1995, la production de lait a augmenté de 2,2 % (malgré les quotas), entraînant les nouveaux programmes de cessation laitière. La production bovine continue elle aussi de s'accroître, alors que la consommation baisse. La volaille progresse fortement, de même que la production de porcs, qui se concentre de plus en plus, désormais caractérisée par un phénomène nouveau plus ou moins caché : l'absorption des petits producteurs en difficultés par les gros. Décidément, il y a bien de quoi organiser des journées portes ouvertes !

Alors, miracle breton ? Pour la masse des paysans, sûrement non, mais pour les nouveaux saigneurs de l'agro-business, certainement !

Chapitre 14

L'avenir n'est écrit nulle part

Les responsables de l'agriculture agro-industrielle ont-ils commandé des études prévisionnelles sur l'avenir de leur profession ? Ont-ils vu que, demain, grâce à la rationalisation extrême de la production, il suffira de cinquante mille paysans, qu'on rebaptisera des « agri-managers », pour nourrir le pays ? Ont-ils appris que la campagne et les côtes bretonnes seront tellement polluées par leurs techniques intensives que plus un touriste n'y mettra les pieds ? Ont-ils compris qu'ils sont allés trop loin et qu'il leur faut faire marche arrière, maintenant, avant qu'il ne soit trop tard pour eux aussi ?

La montée en puissance de l'agriculture bretonne a atteint son apogée. Devant les dégâts occasionnés non seulement à la nature mais aux paysans, il est grand temps que les agriculteurs décident eux-mêmes de leur avenir. Mais ils ne doivent pas laisser une poignée d'apparatchiks leur confisquer cette décision. Ceux qui nous ont entraînés vers la catastrophe ne sont pas qualifiés pour nous en faire sortir. Où a-t-on vu que ceux qui se sont toujours trompés aient encore des leçons à donner ? Ce sont les paysans qui doivent prendre leur destin en main, avant que d'autres, extérieurs à la profession, les médias ou les consommateurs, ne leur montrent la marche à suivre. Ainsi, ceux qu'on n'entend jamais, ceux qui baissent la tête quant ils sont convoqués aux assemblées et réunions agricoles, auront accompli leur révolution, ils s'affranchiront enfin d'une servitude séculaire. Ce livre, écrit en bottes et en bleu de travail, veut les y aider.

Nous avons désormais le choix entre deux systèmes, et nous savons parfaitement ce que chacun implique.

Le premier, intensif, aboutira à la déshumanisation complète de l'agriculture et des campagnes. La Bretagne continuera à se couvrir de camps pour animaux en batterie. Les champs ne serviront plus que de dépotoirs à lisier pour ceux qui n'auront pas investi dans de grosses unités de traitement. On brûlera les animaux qui ne pourront survivre dans leurs cages et les farines impures. Des gardes-chiourme, fournis par le seul syndicat officiel, garantiront la bonne marche de cette agriculture moderne, ultra-compétitive. Des border-collies (chiens de garde de troupeaux) surveilleront les quelques animaux restés dans les champs, pendant que leurs maîtres, ruinés, seront allés rejoindre les chaînes de la toute-puissante industrie qui usera jusqu'au dernier des fils de paysans.

Les « unités d'exploitation », comme disent ces messieurs, appartiendront à des groupes financiers et aux centrales d'achat qui fourniront étables, ateliers et tracteurs clés en main. Plus rien n'appartiendra au pauvre bougre qui sera de plus en plus isolé dans sa ferme ; mais il n'aura plus de boue dans sa cour ni aux semelles de ses bottes. Alors, le moment sera venu d'aller produire poulets et cochons dans des pays où les salaires seront encore plus bas, les lois du travail moins rigides, la main-d'œuvre encore plus docile. La France achèvera définitivement ce chapitre de son histoire.

Dans le second système, le producteur deviendra un partenaire de l'industrie agro-alimentaire. Il se souciera de la qualité, plutôt que de la quantité. Il replacera l'homme au cœur de son activité. Le paysan n'y sera plus soumis à la dictature du système. Les ingénieurs et autres apprentis sorciers trouveront du travail dans les fermes — s'ils aiment vraiment ce métier, ils devraient se réjouir de ce retour à la terre ; s'ils n'étaient là que pour l'argent et les antennes sur le toit de leur voiture, ils se recycleront dans d'autres professions — ou deviendront eux-mêmes exploitants.

L'offre devra suivre la demande et non l'inverse. La mondialisation à outrance sera bannie. Les agriculteurs de Bretagne et du reste de la France (car, si l'on opte pour cette solution, il restera des paysans ailleurs qu'en Bretagne) n'ont pas vocation à nourrir toute la planète ni à renflouer les caisses de l'État par leurs exportations. La France et l'Europe seront des débouchés suffisants, et si d'autres pays veulent acquérir nos produits, ils les paieront au prix de cette qualité retrouvée.

Les agriculteurs pourront enfin connaître, comme en ville, le partage du travail et l'aménagement du temps de travail. Ils pourront enfin partir en vacances, et bénéficier des mêmes retraites que les citadins.

Il est plus que temps de tirer le paysan de la sujétion dans laquelle l'a placé la société. Il ne s'agit pas de mettre les campagnes à feu et à sang. Les réformes les plus simples peuvent avoir des effets immenses. Il conviendrait de responsabiliser les agriculteurs, de ne plus les traiter en assistés ou en esclaves du système. Cela peut parfois passer par des mesures modestes. Par exemple, l'agriculteur ne fait jamais de facture. Quand il achète ou quand il vend, ce sont l'acheteur ou le vendeur qui la rédigent à sa place. Cette pratique est humiliante pour le producteur qui, en outre, ne peut introduire dans son prix de vente le coût réel de son produit. Laisser au paysan la faculté d'établir lui-même ses factures, voilà un grand pas vers la reconnaissance de son autonomie et de ses responsabilités.

L'organisation des coopératives sera revue pour servir les intérêts des coopérateurs et non plus ceux des cadres et des administrateurs. Les nouveaux paysans apprendront enfin la démocratie pour désigner leurs représentants au sein de la filière. Ces représentants élus devront rendre compte à leurs mandants et électeurs. Les voyages d'étude ne seront plus secrets et devront être suivis de rapports bénéfiques pour toute la production.

Quand les agriculteurs seront réunis par la filière à leur demande, ils traiteront d'égal à égal avec les industriels. Lors de ces rassemblements, ceux qui demanderont des comptes ne seront plus tournés en dérision par leurs pairs. Les conseils d'administration des coopératives ne seront plus des salles de classe où le professeur distribue réprimandes et conseils. Les administrateurs ne seront plus des « bédouins », comme les appela un jour un directeur, mais de vrais dirigeants, élus démocratiquement.

Cette voie nouvelle créant — ou recréant — des produits de qualité, les consommateurs devront, de leur côté, faire un effort. Ils devront accepter de payer plus cher une marchandise beaucoup plus saine — à moins que les intermédiaires, qui se sont scandaleusement enrichis pendant des années, acceptent de rogner sur leurs marges.

En fin de compte, c'est le consommateur qui décidera de ce que sera l'agriculture du XXIe siècle. Il ne s'agit pas d'une escarmouche d'arrière-garde, arc-boutée sur la défense d'une profession vouée à la disparition, mais d'un combat pour une certaine culture. N'a-t-on pas sauvé le cinéma français en le soutenant financièrement face à l'industrie américaine du spectacle ? N'a-t-on pas sauvé la chanson d'expression française en imposant des quotas aux radios ? Il faut, aujourd'hui, défendre notre art de vivre.

Pour cela, il faut que le paysan sorte du carcan dans lequel on l'a enfermé depuis trente ans ; qu'il parvienne de nouveau à dire « non », à reprendre le pouvoir économique qu'on lui a volé.

Serait-ce un rêve, une utopie ? Ce ne sont pourtant que des revendications modérées, très raisonnables, visant à rapprocher la condition des paysans de celles des autres citoyens, à leur offrir les droits, les avantages, les garanties qui sont prévus pour tous.

Grâce aux petits progrès comme aux grandes réformes, on entendra de nouveau des paysans chanter derrière les haies. Ce sera, je l'espère, le vrai miracle breton, et le trésor que la Bretagne offrira à l'agriculture : la liberté retrouvée. Liberté quand le paysan et le consommateur peuvent encore employer le mot « non ».

Remerciements

Je remercie mes parents qui m'ont donné ce « gène » de ne pas « ramper » ; ma femme Catherine et mes deux fils Sylvain et Florian à qui j'ai transmis ce « gène » ; M. Jean-Pierre Le Louarnn, mon salarié. M. Louis Le Drenn, mon parrain ; Mme Jacqueline Raoul-Duval ; M. Alain Pennec, vétérinaire en retraite qui m'a toujours soutenu ; mes copains paysans que le système a rejetés et qui m'ont apporté leur témoignage ; les partisans du système agro-industriel breton qui m'ont encouragé à écrire ce livre contre eux !

Table

Avant-propos 7

1 : Un « Tchernobyl agricole » ? 9
2 : Maîtres et esclaves 13
3 : Rebelle ! 27
4 : Une agriculture sans agriculteurs 39
5 : La révolution silencieuse 53
6 : Endettement, quand tu nous tiens ! 69
7 : Le syndicat-ministère 79
8 : Us et coutumes des coopératives 91
9 : « Intégrés » ou désintégrés ? 109
10 : De l'ESB à l'ESSAI 123
11 : Les effets pervers du productivisme 135
12 : Échapper à son destin 147
13 : Vous avez dit « miracle breton » ? 155
14 : L'avenir n'est écrit nulle part 167

La composition de cet ouvrage
a été réalisée par Nord Compo,
l'impression et le brochage ont été effectués
sur presse Cameron dans les ateliers de
Bussière Camedan Imprimeries
à Saint-Amand-Montrond (Cher),
pour le compte des Éditions Albin Michel.

Achevé d'imprimer en avril 1997.
N° d'édition : 16419. N° d'impression : 4/462.
Dépôt légal : avril 1997.